Kurt Oesterle

Der Fernsehgast

oder

Wie ich lernte die Welt zu sehen

Roman

Berliner Taschenbuch Verlag

Februar 2004
BvT Berliner Taschenbuch Verlags GmbH, Berlin

Deutsche Verlags-Anstalt GmbH, Stuttgart/München
Umschlaggestaltung: Nina Rothfos und Patrick Gabler, Hamburg,
unter Verwendung eines Bildes von © getty images
Gesetzt aus der Berling durch psb, Berlin
Druck und Bindung: Clausen & Bosse, Leck
Printed in Germany · ISBN 3-8333-0018-3

Sehet zu, was ihr höret!

Markus 4, 24

Erstes Kapitel

Meine Eltern glaubten, ich ginge zum Sportplatz. Doch ich schlug einen anderen Weg ein, sobald ich außer Sichtweite war. Ich wollte meinen Film sehen, eine Fliegergeschichte in Fortsetzung, von der ich noch keine Folge ausgelassen hatte. Das Fernsehen war mir verboten, wenn auch ohne Strafandrohung – das Fernsehen war die Strafe selbst. Anfangs schade es nur den Augen, sagten meine Eltern. Wer dann aber immer noch nicht von ihm lasse, dem hitze es allmählich die Seele auf, um schließlich Löcher hineinzubrennen, blitzblaue, am Rand gezackte, nicht wieder zu stopfende Löcher. Das Fernsehverbot galt an allen Tagen der Woche. Meine Eltern hatten einen derartigen Überschuss an Einwänden gegen das Fernsehen, dass sie ihr Verbot jeden Tag neu begründen konnten. Und sonntags fiel ihnen zu den sechs vorangegangenen Gründen sogar noch ein siebter ein, nämlich dass unsere Nachbarn schon an den Werktagen genug unter mir zu leiden hätten und einen Ruhetag bräuchten.

»Plag doch die Leute nicht so!«, rief mein Vater.

»Hausierer«, sagte leis meine Mutter, die meistens besser traf.

Durch ihr Wort sah ich mich wie durch ein umgekehrtes Fernglas winzig und zappelnd in eine Fremde versetzt. Ich dachte an den dicken Mann, der uns alle paar Wochen Salatöl und Seife brachte, schnaufend, als wäre dies sein letzter Gang; ich dachte an die Wurzelbürsten der Blindenmission, die meine Mutter an der Haustür kaufte, um meinem Vater und mir, viel länger als es uns wohl tat, den Rücken damit zu schrubben; und mir fiel auch die alte Zigeunerin ein, die hin und wieder durchs Dorf kam und Knöpfe feilbot, indem sie zur Härteprobe mit der Faust darauf hieb oder forderte, dass wir uns mit den Zähnen daran versuchten.

»Mit *die* Kneppe seid's unverletzlich«, sagte die Alte, so als wisse sie genau, woran es uns fehle.

Nein, ich war kein Hausierer, sondern der Fernsehgast, und wer den Fernsehgast schmähte, der schmähte die neue Zeit.

Außer dem Fernseher hatte die neue Zeit den Mähdrescher, die Melkmaschine und den Kühlschrank ins Dorf gebracht. Auch ein Zahnarzt betrieb neuerdings seine Praxis bei uns, und aus immer mehr Häusern klingelte inzwischen ein Telefon. Auf dem Friedhof wurde gegenwärtig eine Leichenhalle mit raketenspitzem Dach errichtet. Auch franste unser Dorf allmählich aus, und überall an den Rändern wuchsen ihm Neubaugebiete; alte Gebietsnamen wie Horschel, Schlatt und Krumme Länder verschwanden und gingen in dem geräumigen Wort »Bauerwartungsland« auf. Nur ein Bahnanschluss fehlte uns noch, auf ihn warteten wir schon seit über hundert Jahren. Doch immerhin, erst kürzlich war unser Tal zum Tieffluggebiet erklärt worden, in dem Düsenjäger mit silbrigen Haifischbäuchen und schwarzen Spinnenkreuzen der Erde so nahe kommen durften, dass man den Piloten zuwinken konnte, falls man nicht beide

Hände benötigte, um sich die Ohren zuzuhalten. Auch immer mehr Abkürzungen drangen zu uns herein und besetzten die Köpfe, »Edeka«, »DKW«, »LF 8«. Zur neuen Zeit gehörte im Großen und Ganzen alles, was wir, meine Eltern, meine Großeltern und ich, nicht besaßen und was wir so bald auch nicht besitzen würden. Die neue Zeit freilich nannte kein Mensch die neue Zeit. Sie war namenlos und unbenennbar, so neu war sie. Doch schon hatte sie sich überall eingenistet, schon war sie in die hintersten Ecken und Ritzen gekrochen und nicht mehr zu vertreiben. Mir teilte sie sich selbst von ihren geheimsten Plätzen aus mit, aber ich war auch der Zeitfühligste von allen.

In der neuen Zeit wurde andauernd und überall gefragt:

»Ja was willst du denn einmal werden?«

Was man auch darauf hörte, es war nie wenig. Schon in naher Zukunft hielt das Wort »Traumberuf« Einzug bei uns im Tal. Zusammen mit den Fremdwörtern »Handikap« und »Kondition« wurde es umgehend eingebürgert. Doch manche fürchteten sich, die fremden, neuen Wörter in den Mund zu nehmen; sie knirschten ihnen zwischen den Zähnen wie altes Brot.

Wie ich mich schämte, dass meine Eltern keinen Fernseher besaßen! Sie besaßen auch kein Auto und kein Badezimmer, sondern nur ein Fahrrad, ein Transistorradio in einem unerschöpflich neu riechenden schwarzen Kunstlederetui und einen Gussstein, an dem wir uns morgens und abends der Reihe nach wuschen. Auch meine Großeltern, die im älteren Hausteil neben uns wohnten, besaßen weder Auto noch Badezimmer noch Fernseher. Sie hockten nach dem Abendessen in ihrer Küche beisammen und ließen die

Dunkelheit über sich hereinbrechen, in der sie es leicht eine Stunde und mehr aushielten, mit offenen oder geschlossenen Augen, jedenfalls immer ohne etwas zu sagen. Nur wenn die Kirchenglocken mit dem Betläuten begannen, unterbrach meine Großmutter das zweisame, höchstens dreisame Schweigen und sprach aus dem Dunkel ins Dunkel hinein; sie betete:

Lieber Mensch, was mag's bedeuten,
dieses späte Glockenläuten?
Es bedeutet abermal
unseres Lebens Ziel und Zahl.
Dieser Tag hat abgenommen,
bald wird auch der Tod herkommen.
Lieber Mensch, so schicke dich,
dass du sterbest seliglich.
Amen!

Das Gebet endete, bevor die Glocken verstummten. Wenn auch die Glocken leiser geworden und schließlich mit immer feineren, immer dünneren, immer traumartigeren Schlägen verhallt waren, durfte es wieder still werden. Aber die Stille trat nicht einfach ein, wie man sagt, sie strömte vielmehr herbei, erst langsam, dann rascher, floss von allen Seiten in den dunklen Raum und überspülte sämtliche Stellen, an denen kurz zuvor noch Wörter getönt hatten. Ausdauernd umsirrte das »Schicke dich-schicke dich« noch eine Weile unsere Köpfe und versuchte, in aller Ohren einzudringen, um sich dort zur bleibenden Warnung niederzulassen. Am längsten hielt sich das »Amen«. Es hatte sich in alle Richtungen zugleich ausgebreitet und wurde von überallher und mehrfach wie ein Echo zurückgeworfen. Im »Amen« lag die ganze Fleh- und Betkraft meiner Großmutter. Wenn sie es sprach, drückte sie ihre gefalteten Hände noch einmal so sehr zusammen, dass man die Knochen knacken hörte. Das »Amen« gehorchte ihr wie kein zweites Wort, und ihr gehorchten viele Wörter. Darum verklang es auch nicht irgendwo im Raum und ging in der langsam steigenden Stille unter, sondern es kehrte jedes Mal zu ihr zurück, um wieder von ihr aufgenommen zu werden. Nur wer die Stille hinter dem »Amen« meiner Großmutter kannte, wusste, was Stille war.

Am Abend vom Tagwerk auszuruhen hieß für meine Großeltern, auch vom Reden auszuruhen. Reden war Arbeit – oder eine Kunst. Wenn einer der vielen Hausierer bei uns durchs Treppenhaus heraufrief, was er zu verkaufen hatte, schickte meine Großmutter meinen Großvater hinaus, indem sie sagte:

»Kauf nichts, aber gib ihm ein gutes Wort.«

Das war kein gehässiger Witz, eigentlich war es überhaupt keiner. Sie sagte den Satz so, wie sie auch gesagt hätte: Gib ihm ein Stück Brot, ein Krügchen Most oder ein Almosen. Das gute Wort war Labsal und Seelenerfrischung oder eine Art Währung mit großen Scheinen und kleinen Münzen. Am leichtesten konnte das gute Wort in einem Lied verabreicht werden, indem man jemanden ansang, so lange, bis er verliebt oder verschämt die Augen niederschlug. Im alltäglichen Umgang ließ es sich am schwersten treffen, das gute Wort, da kostete es viel Kraft, zumal unsere Sprache schon von sich aus zum Raunzigen und Raubauzigen neigte. Vernichtend war das gute Wort, wenn es einem versagt wurde.

In der lichtlosen Küche trank mein Großvater Wein aus einem Glas, das er stets sicher ergriff, zum Mund führte und wieder zurückstellte. Nur sein Schlürfen und Schlucken war vernehmbar, und ich, bisweilen unsichtbar auf der Küchenbank dabeisitzend, vollzog es mit, obwohl ich außer Spucke dazu nichts im Mund hatte. Mein Großvater langte zu mir herüber und suchte meine Hand, um sie kurz zu drücken; das war das gute Wort auf sprachlos. Dann zog er an seiner Zigarre, deren Glut für ein paar Momente zum einzigen Lichtblick im Zimmer wurde und die mir zugewandte Gesichtshälfte rötlich erhellte. Meine Großeltern liebten das Dunkel in jederlei Gestalt: als Dämmerung, als Finsternis, als schwarzblaue Nacht. Nur wenn es zu gewittern anfing, war damit Schluss. Meine Großmutter trieb, besonders bei schweren Gewittern, alle, die wie ich nicht schon von selbst aufgestanden waren, aus den Betten, scharte sie um den Küchentisch, auf dem eine Kerze brannte, und betete oder las laut aus der Bibel vor, bis Blitz und Donner nachließen. Mein Vater saß auch dabei, in seiner Feuerwehrkommandantenuniform und in Stiefeln, den Helm auf dem Schoß, horchend und wartend, ob er noch zu einem Brand müsste.

In solcher Umgebung war noch nicht sehr bald mit der Einführung des Fernsehens zu rechnen. Ich würde weiterhin an allen Tagen der Woche lügen müssen, um zu meinem Film zu kommen, und meine Eltern waren selber daran schuld.

Sonntagswürdig schritt ich die Straße hinunter. Meine Eltern standen am Fenster und schauten mir nach. Sie schämten sich, weil ich trotz ihres Verbots im Dorf zu allen möglichen Sendezeiten von Tür zu Tür streifte und Einlass begehrte, wodurch ich mich bekannt und bekannter machte und bisweilen sogar auf der Straße als Fernsehgast angesprochen, ja gegrüßt wurde, wenn auch nicht so respektvoll, wie ich es mir gewünscht hätte: als der Seltsambesondere des Dorfs. Doch immerhin, für einen, der erst so kurze Zeit auf dieser Welt war, hatte ich mich schon recht weit herum berühmt gemacht. Ich wollte, dass alle Türen wie von selbst für mich aufsprangen, schon wenn ich nahte; ich wusste jedoch nicht – wenigstens vorläufig noch –, wie das zu erreichen sei. Worte und Aberworte waren nötig dazu, Listen, Tricks und Schauspielkünste, und manchmal musste man den Leuten auch seine Dienste anbieten, ihnen zum Brotbacken Sauerteig und Hefe aus der Bäckerei holen, Holz im Wald sammeln und zum Trocknen im Schober aufstapeln oder für eine Stunde ein kleines schrumpeliges Kind hüten.

»Hat der Bub denn keinen Stolz?«, fragten meine Eltern sich und mich und händeringend auch den Himmel.

Sie entschuldigten sich ringsumher bei den Leuten für ihren Sohn, bei denen, die er in der Tat regelmäßig aufsuchte, wie auch bei jenen, deren Wohnzimmer er noch nie geteilt hatte, weil sie nämlich überhaupt keinen Fernseher besaßen, was seinen Eltern aber entgangen war. Ganz anders als er machten sie, so wie in der alten Zeit üblich, keinen Unterschied zwischen Fernsehbesitzern und Fernsehnichtbesitzern. Beinahe überall baten sie um Verzeihung für seine vergangenen wie für seine künftigen Taten, und manchmal holten sie ihn eigenhändig aus fremden Stuben und verlangten, dass man ihn doch hinauswerfen möge, selbst wenn er gar nicht lästig falle. Auf den Sohn sahen sie dabei mit scharf geschliffenen Blicken.

Bei der Tanne am Dorfbrunnen endete das Sichtfeld meiner sich immer weiter aus dem Fenster lehnenden Eltern. Ich sprang, um vollends zu verschwinden, seitwärts in den Schatten des Baums – lachend über so viel Unberechenbarkeit meinerseits. Denn hätten Vater und Mutter auch noch versucht, meinem Sprung aus ihrem Blickfeld durch einen letzten Ruck mit Kopf und Körper zu folgen, sie wären gewiss auf die Straße hinausgefallen. Aus dem Baumschatten rannte ich – nun endlich unsichtbar für alle, die es wagten, mich mit den Augen zu verfolgen – in eine schmale Gasse, die auf einen Garten zulief, von dort ging es weiter über mehrere Zäune. Enten, Tauben und Hühner erschraken nicht, wenn ich plötzlich vor ihnen auftauchte. Sie duldeten den Fernsehgast, sie kannten ihn, weil er bei seinen Gängen, Abkürzungen und Fluchten nicht selten ihre Bahn kreuzte. Noch wichtiger war, dass sie sich bei seinem Anblick ruhig verhielten und ihn nicht durch Schnattern, Gurren und Gackern verrieten. Sicher hätte er bei ihnen übernachten können, ohne Aufsehen zu erregen. Auch die Hasen in den Ställen grüßten den alten Bekannten geräuschlos und stellten zum Gruß nur ihre Lauscher auf; das Trommeln mit den Hinterläufen unterließen sie. Mitunter, wenn ein wenig Zeit übrig war, döste der Fernsehgast mit den Katzen in ihren Wärmewinkeln und streichelte ihr weiches Fell. Eine, mit einer weißen und einer schwarzen Gesichtshälfte, mochte er besonders. Sie war scheu und ließ sich nicht berühren, wenn auch gerne anschauen. Ruhig, aber regelmäßig wechselte sie die Plätze, bis er begriff: Sie hatte etwas mit der Sonne gemeinsam, genau wie er, sie wanderte in dieselbe Richtung.

heimlich in meinem Kopf führte: meine Fernsehgastgeberrangliste.

Am liebsten besuchte ich größere, ja kinderreiche Familien. Man fiel dort in der ersten oder zweiten Reihe nicht so auf, sondern war nur eines unter wohltuend vielen, strikt auf die Flimmerfläche gerichteten Gesichtern. Allerdings hatte der Besuch bei Fernsehbesitzern mit größerem Anhang den Nachteil, dass man dem Film oft nicht recht folgen konnte. Es gab Streit oder das Essen wurde aufgetragen oder die einzige, neuerdings immer umkämpfte Steckdose, von der auch das Glück des Fernsehgasts abhing, wurde für das Bügeleisen oder für einen Helm namens »Trockenhaube« gebraucht. Bei Alleinstehenden oder kleineren Familien konnte es hingegen passieren, dass man plötzlich allein im Zimmer war, zusammen mit dem Hund, der den Fernsehgast nicht leiden konnte und ihm knurrend verwehrte, das Zimmer zu verlassen, bevor Herrchen oder Frauchen zurückkehrten. So kam es, dass der Fernsehgast manchmal bis in den Abend vor Sendungen festsaß, die er gar nicht sehen wollte, und reglos lauschte er, wie seine Mutter draußen durch die Straßen lief und nach ihm rief.

Wenn der Film, den ich unter keinen Umständen verpassen durfte, näher und näher rückte, entschied ich mich oft für die beiden Männer, die auf meiner Fernsehgastgeberrangliste ziemlich weit unten standen: Vater und Sohn Heilmann. So auch an diesem Sonntag, der wie die übrigen Sonntage rot im Kalender festgeschrieben war, für mich aber ein schwarzer Tag werden sollte. Noch weiter unten in meiner Fernsehgastgeberrangliste stand, einsam und abgeschlagen, nur das Pfarrhaus, denn dort wütete die engherzigste, engstirnigste Fernsehzensur. Allein schon das Testbild mit den ihm unterlegten, alle paar Momente wiederholten, sanften und gütigen Gongschlägen musste hier als Teufelswerk gelten. Bei jedem Film, der im Pfarrhaus auf den Schirm kam, setzte die Pfarrersfrau sich zu ihren drei Söhnen vor das Gerät und entschied nach fünf, höchstens zehn Minuten, ob sie ihn verkraften würden. Wenn sie nicht dieser Meinung war, schlug sie die Hände vors Gesicht und schaltete ab.

»Au, au, au«, stammelte sie oder rief: »Bös, bös, bös!« und nahm ihre Kinder in den Arm, als wären sie frisch dem Tod entronnen.

Die drei Pfarrerssöhne mit den gleich geschnittenen roten Strickjacken verfielen darum nie auf den Gedanken, auch nur leise zu murren. Vielmehr erbleichten sie über so viel Glück im Unglück und schauten dankbar zu ihrer Mutter auf; so leicht waren sie zu erretten. Unwiederbringlich aber verschwanden mit einem feindseligen Knistern die Fernsehbilder durch einen schnell sich verengenden, schließlich gleichfalls verschwindenden hellgrauen Schlitz. Am Ende zeigte sich der bilderleere Schirm in einem ebenmäßigen Dunkelgrau, das genau betrachtet das Grau des Bachschlamms war. Erst jetzt erkannte man, dass es sich bei dem Schirm nur um eine schlichte, sanft in die Welt hinausgewölbte Scheibe handelte, die von vier Brettern senkrecht gehalten wurde und auf einem dünnbeinigen Tischchen verloren im Raum stand: erkaltet, tot und aufgebahrt; nein, nur scheintot. Denn welch ein Jubel, wenn aus der Stromleitung wieder Leben in ihn fuhr! Abgeschaltet, verdunkelt und seines Zaubers beraubt, spiegelte das Fernsehglas die Dinge nur schwach und verzerrt wider. Aber den Fernseher auch so anzuschauen war bereits eine Freude oder zumindest ein Versprechen.

Der Fernsehgast, jetzt schon im Treppenhaus, wo er sich noch seine schwarzen Musketier-Gummistiefel mit den gelben Stulpen über die Füße streifen musste, schimpfte laut vor sich hin, weil er wusste, dass der von der Pfarrersfrau durch Abschalten verschuldete Rückstand auch durch den schleunigsten Wechsel des Fernsehgastgebers nicht mehr wettzumachen war. Weshalb und wozu hatten diese Leute überhaupt einen Fernseher? Doch wohl nur, damit ihre Söhne keinen Grund fanden, Fernsehpilger zu werden wie ich und nicht zu allen Jahreszeiten nach Art der Paupersänger durchs Dorf zogen, um milde Gaben für das Auge und für das Herz einzufordern.

Kein Fernsehgastgeber glich dem anderen. Der eine wohnte anheimelnd und war abweisend, der andere hauste in einer kahlen, ungeheizten Bude und lud einen doch ein, wiederzukommen, und sei es, um nicht allein zu frieren. Doch so verschieden die Fernsehgastgeber, so verschieden waren auch ihre Fernsehgeräte und die Qualität ihres Empfangs. Es fiel mir nicht leicht, sie alle gerecht auf meiner Liste unterzubringen. So kannte ich eine Familie mit einem schönen und edlen Stück. Aus keinem der Apparate, die mir vertraut waren, sprachen die Stimmen derart rund und wohltönend wie aus diesem; man bekam davon eine Gänsehaut in den Gehörgängen. Doch der Familie, die mich zwar nicht gerade zu sich hereinbat, doch immerhin ohne offenes Bedauern ins Haus ließ, war der Fernseher nicht gut genug, ihr fehlten die Farben, und so hängte sie dem Schirm mit den ruhigen schwarz-weißen Bildern einen Farbschurz um. Dieser bestand aus einer quadratischen Plastikfolie, die für ein paar Mark bei einem Fernversand zu beziehen war. Die Folie oder Haut musste in mehrere feste und unveränderliche Farbzonen eingeteilt sein, denn das Filmpersonal wechselte je nach seinen Bewegungen die Farbe: Mit dem Kopf wandelte es in der roten Zone, mit den Füßen in der blauen, aber schon im nächsten Augenblick schritt es mit gelbem Gesicht hinüber in die grüne – sämtliche Farben dieses traurigen Spektrums schillerten übrigens mit dem damals noch nicht oft gesehenen Prunk von Öl oder Benzin auf einer Pfütze. Alle Personen, selbst die ärmsten, sahen verachtenswert und lächerlich aus. Es war, als hätte man die felsgrauen Apostel im Gethsemane-Gärtchen vor unserer Kirche samt ihren eisernen Heiligenscheinen mit Buntlack bemalt. Da ich die Farben ablehnte und nur das menschenfreundliche Schwarz-Weiß gelten ließ, verbannte ich diese Familie auf meiner Rangliste ganz nach unten, in jene Randrubrik, wo in den öffentlich aushängenden Mannschaftsaufstellungen unseres Fußballvereins häufig genug mein eigener Name zu lesen war: Auswechselspieler.

Bei Vater und Sohn Heilmann hatte ich immer Glück, und darum hätte ich die beiden Männer eigentlich lieben und lobpreisen müssen. Fast alles sprach für sie: Sie waren stets zu Hause und besaßen einen Fernsehapparat mit passablem Bild, der immer schon – als wäre er ein Traktor oder eine Mistbrühpumpe – »lief«, wenn ich eintrat. Mir kam aber der Heilmannsche Fernsehapparat gar nicht wie etwas Technisches vor, das man ein- und ausschalten konnte, sondern eher wie ein Naturereignis, gleich der Sonne, die einmal am Tag verlässlich auf- und wieder unterging. Der einzige Nachteil dieses Apparats war, dass man mit ihm das jüngst eingeführte Zweite Programm nicht oder nur schemenhaft empfangen konnte – ein Aprilscherz fürs Auge –, und Vater und Sohn Heilmann machten keine Anstalten, diesen Mangel zu beheben. Ebenso hätte mich für die beiden einnehmen müssen, dass sie niemals in einen laufenden Film hineinsprachen, ja, sie sagten streng genommen überhaupt nie etwas, redeten nicht mit mir und auch nicht miteinander. Sie bedienten sich nicht einmal der mir aus anderen Fernsehgasthäusern vertrauten Stummelsprache:

»Ist er an?«

»Ja, er ist an.«

»Kommt etwas?«

»Nein, es kommt nichts.«

»Dann schalt aus.«

»Warte!«

»Wieso?«

»Vielleicht bringen sie ja noch was …«

»Was?«

»Weiß nicht.«

»…«

»Mal sehen …«

»Herrgott!!«

Schon allein durch ihre völlige Sprachlosigkeit entstand in der Kammer von Vater und Sohn Heilmann eine unvergleichliche Andacht, eine Andacht, die für mein Gefühl zutiefst dem – wer weiß, von wem – erfundenen Wort »fernschgucken« entsprach. Sehen und zugleich gucken. So verschmolzen Fernsicht und Nahsicht zu einem dritten, gesteigerten Schauen, in das freilich alle Kraft, alle Aufmerksamkeit gelegt werden musste. Vater und Sohn Heilmann schienen mir die weithin vollkommensten Vertreter der Gattung Fernsehgucker zu sein. Trotzdem standen sie am unteren Ende meiner Rangliste, trotzdem besuchte ich die beiden nicht gern. Jedes Mal, wenn ich beschloss, meist im Fall eines Fortsetzungsfilms, mich zu Vater und Sohn Heilmann aufzumachen, sicherheitshalber, damit mir keine der Folgen entging, wurde mir bang und ich atmete schwerer. Das ärgerte mich, so wie einen die Sprünge, Rätsel und Ungereimtheiten des eigenen Innern immer ärgern, denn es gab keinen Grund dafür, ebenso wenig für den sich immer wieder meldenden Wunsch, die beiden Männer zu meiden; hätte ich ihm nur nachgegeben. Mein Vater war seit seinen Schultagen mit dem jungen Heilmann befreundet. Ich wusste aus seinen Erzählungen, dass die beiden auf dem Heimweg von Spritz- oder Zechtouren der Feuerwehr oft ein »Zwei-Mann-U-Boot« bestiegen und den »Euphrat« hinauf- oder hinabfuhren. Mein Vater schwelgte mit noch feuchten Augen in dieser Träumerei, und ich sah die beiden Männer seltsam verschworen und verzweifelt in ihrem spielzeuggroßen Boot sitzen und von unserem Dorfbach aus einen Kleinkrieg gegen die Welt führen.

Trotz dieser Bekanntschaft hätte übrigens weder der junge noch der alte Heilmann mich je an meine Eltern verraten. Beide waren sie mir gegenüber wunderbar gleichgültig. Ob mir ein Film erlaubt oder verboten war, scherte sie nicht. Meine Seele, mein Augenlicht, was kümmerte sie das! Sie reagierten auf den Fernsehgast, wenn er zur Türe hereinkam, so gut wie nicht. Sie hatten ihn, kaum dass er da war, bereits wieder vergessen. Das verlieh den Besuchen in der frauenlosen Männerwirtschaft von Vater und Sohn Heilmann etwas vollkommen Unwirkliches, ja Bodenloses. Man war sich anschließend nie sicher, überhaupt bei ihnen gewesen zu sein, und ich hätte meinen Eltern auf die erboste Frage, ob ich wieder unerlaubt fernsehen war, in diesem Fall wahrheitsgemäß antworten müssen:

»Ich weiß es doch nicht!«

Nur der Film war unvergessen und blieb es auch, was ich aber für mich behielt.

Mein letzter Aufenthaltsort vor Filmbeginn war die zweistufige Steintreppe, die ins Haus meiner Fernsehgastgeber führte. Der nicht zu bremsende Zug zum Fernseher war verflogen oder hatte sich vorübergehend verflüchtigt und die Angst wieder hervorgelassen, wie immer wenn mir der Eintritt in ein Fernsehgasthaus unmittelbar bevorstand, besonders wenn dieses Haus auch noch das Heilmannsche war; die Gefühle des Fernsehgasts wechselten einander ab wie die Figuren eines Wetterhäuschens.

Von meinem Platz aus konnte ich die Kirchturmuhr nicht mehr sehen, auf die ich hin und wieder, um pünktlich zu sein, einen Blick geworfen hatte. Auf einen Glockenschlag vom Turm zu warten ergab keinen Sinn, weil mein Film zu einer unrunden Zeit begann. Jetzt tat ein verlässliches Zeitgefühl Not. Oder das, was mein Vater »die innere Uhr« nannte. Da ich sie in mir aber nicht fand, zählte ich von dreißig rückwärts und bereitete mich darauf vor, bei null das Haus zu betreten. Gleichzeitig lauschte ich auf den Spielanpfiff des Schiedsrichters vom nicht sehr fernen Sportplatz, denn meine Fliegergeschichte würde nur fünf

Minuten nach dem Fußballspiel beginnen. So fügte sich bei uns im Dorf alles eng und schmiegsam ineinander – wie der Knopf ins Knopfloch. Es gab hier mehrere, ja viele Zeiten, die Sportplatzzeit, die Kirchturmzeit und außerdem noch andere uhrgelenkte Zeiten wie etwa die Wirtshauszeit, von deren sagenhafter »Sperrstunde« ich gern gewusst hätte, wie sie sich vernehmlich machte; es gab die Eltern- und Großeltern-, die Pfarrer- und Lehrerzeit (auch die ewig zeigerlose Friedhofszeit) – aber zwischen all diesen alten und uralten Zeiten gab es eine neue, geheime und große Zeit, mit der nur wenige vertraut waren, am ehesten solche wie ich: die Zeit der Sendeanfänge.

Unruhig, als müsste ich noch einmal austreten, tänzelte ich meinem Film entgegen. Doch warum diese Umstände, warum nicht unbeschwert hinein in die mir vertraute Fernsehstube von Vater und Sohn Heilmann, und sei es zu früh? Gefahren drohten hier doch keine, anders als bei Frau Nieder, der Kriegerwitwe, die den Fernsehgast immer als Enkelsohn dabehalten wollte, anders auch als bei Bauer Brock, der ihn nach genossenem Film in seinen Keller bugsierte und ihn das Innere eines Mostfasses bürsten ließ, durch dessen schmale Öffnung er selbst nicht mehr passte.

Ich grollte meinen Eltern, dass sie so rückständig waren.

Zweites Kapitel

Zu zweit saßen wir in der Küche. Meine Mutter schnipselte grüne Bohnen in eine Schüssel, die zwischen ihre Knie geklemmt war. Ich blätterte in der Zeitung und schnitt mit der Schere Sportbilder aus, pauste einen gekrümmt nach dem Ball hechtenden Fußballtorwart, einen mit aufgerissenem Mund dahinfliegenden Skispringer auf unliniertes Briefpapier, mit dem ich sparsam sein musste, weil es teuer war, und malte die Pausgestalten mit Farbstiften bunt aus. Die noch ungeschnittenen Bohnen häuften sich auf dem Tisch, zuweilen wühlte die Mutter mit der Hand darin herum, so als könne sie nicht glauben, dass der Haufen auch abnehme. Sie hielt inne, wandte das Gesicht für einen Moment wie bittend zur Zimmerdecke, holte Luft und schnitt wieder drauflos.

Die Bohnen waren frisch im eigenen Garten gepflückt. Manchmal krabbelte aus dem Bohnenberg unter Mühen ein Käfer hervor und schoss befreit über die Tischplatte davon. Mit der Hand oder mit dem Stift lenkte ich ihn zu mir her und schmiegte das Gesicht auf den Tisch, um dem Käfer ins Auge zu schauen. Es war Abend. Das Licht brannte. Niemand sagte ein Wort. Wir warteten, wir horchten, dass in der Werkstatt nebenan die Maschine ausging. Wir taten es mit steigender Spannung, besonders zwischen neun Uhr und zehn Uhr, doch keiner wollte es sich anmerken lassen, jeder glaubte, er horche und warte vom anderen unbemerkt.

Freilich, wir waren geübte Horcher, mit nur einem Ohr oder mit zweien, alleine oder zu mehreren, drinnen oder draußen, tags oder nachts. Hätten wir ein Familienwappen besessen, so hätte ein Ohr darin abgebildet sein müssen. Wie oft wurde bei uns ein Kartenspiel, ein Gespräch, ein sonntäglicher Spaziergang unterbrochen, weil einer etwas gehört zu haben glaubte.

»Bscht-bscht!«, machte meine Mutter.

»Horch, so horch doch!!«, flehte und befahl zugleich mein Vater, so als wären meine Mutter und ich nur eine einzige Person oder sogar nur ein einziges Ohr.

Mit der Hand gebot mein Vater ringsherum Schweigen oder fasste einen gebieterisch beim Arm. Alles saß oder stand so lange bewegungslos und lauschte, den Blick erhoben, mit den Augen rätselnd. Sonntags konnte es kein Düsenjäger sein, der aus der Ferne heranschoss und seinen Donner zu uns voraussandte, denn sonntags hielten auch die Tiefflieger Ruhe über unserem Tal. Sonntags, wenn überall eine unvertraute, werktagsgeräuschlose Stille herrschte, war das Gehörte schwerer zu bestimmen, und am Ende blieb uns nichts anderes übrig, als es vorsichtig zu unseren Gunsten auszulegen: als Täuschung. Mein Vater konnte Entwarnung geben. Nein, es war nichts, aber immerhin, es hätte doch leicht etwas sein können. Ein Sprichwort, das wir allzu häufig und unbedacht benutzten, lautete: »Einmal sehen ist besser als hundertmal hören.« Unsere Erfahrung lehrte uns nämlich das Gegenteil: Einmal hören (oder auch nur zu hören wähnen) ist weitaus schrecklicher als hundertmal sehen. Übrigens sagte mein Vater nie Ohr zu einem unserer Ohren, sondern immer »Löffel«, so als wären wir Hasen, von denen man vor allem in der Angst eine außerordentliche Hörleistung erwarten durfte.

Die Maschine in der Werkstatt des Vaters dröhnte in die Küche herein wie ein Flugzeug, das über dem Haus in der Nachtluft stand und nicht vom Fleck kam. Ihr Ton musste fallen, darauf warteten meine Mutter und ich: vom hochtourigen Gebrüll, das alle übrigen Geräusche verschluckte, bis hinab zu jener toten, ausgestorbenen Stille, die eintrat, wenn die Maschine zu Ende geheult hatte, und in der das Bohnenschneiden und das Farbstiftkratzen wieder hörbar wurden, so deutlich und nah, als kämen diese beiden Geräusche aus dem Innern des eigenen Ohrs. Dann dachte ich mir das Flugzeug über dem Haus weitergeflogen. Aber meine Mutter und ich zeigten einander auch unsere Erleichterung nicht, wenn die Maschine tatsächlich abgeschaltet wurde, wenn sie allmählich verstummte und nach wenigen Minuten mein Vater in der Tür stand, über und über mit Sägemehl bedeckt. Er trug den Geruch von frisch gehobeltem oder gesägtem Holz in die Küche, nahm seine Mütze ab und wurde von der Mutter auch schon wieder hinausgeschoben auf die Staffel, wo sie ihn von oben bis unten mit dem Handfeger abkehrte. Weit sperrte mein Vater den Mund auf und trommelte sich mit den Fingern auf die Ohren, wohl um das Nachbrummen der Maschine oder die Lärmtaubheit daraus zu vertreiben. Noch bevor er sich die Schuhe auszog, griff er nach der Sprudelflasche und trank mit solcher Gier gegen den auch mir bekannten Bittergeschmack des Holzmehls an, dass ihm die Tränen davon rannen. Er streifte sich die Hosenträger ab, öffnete die Hose, zog das Hemd heraus, knöpfte es auf und wusch sich am Gussstein das Gesicht, den Nacken und den Hals, den Bauch und die Achselhöhlen, ohne das Hemd ganz auszuziehen; nur das Bruchband nahm er ab und warf es in die Ecke. Wenn er fertig war, setzte er sich an den Tisch, rauchte eine Zigarette, zwinkerte sich den letzten Staub und die Müdigkeit von den Augenlidern und blickte durch meine Scherenschnittfenster in der Zeitung auf die Welt. In kurzen Sätzen erzählte er die Geschichte seines Arbeitstags, der am Morgen um halb sechs begonnen hatte, nur unterbrochen durch zwei Esspausen und des Mittags eine halbe Stunde Schlaf, die dem Vater, den Handrücken besänftigend auf der eigenen Stirn, immer gelang.

»Das waren heut wieder zwei Tage in einem«, zählte er uns am Ende mit den Fingern vor, »und ein halber dazu.« Erst mit dem Nachsatz konnte er lachen, ungläubig, so als nehme es ihn selbst wunder, welche Mengen von Arbeit er sich aufzubürden und auch noch zu tragen imstande war.

Ebenso zählte er seine Kriegsjahre doppelt, die letzten anderthalb sogar dreifach, und ich hätte meinen Vater ab und zu fragen wollen, wie alt er bei solch einer Lebenszeitrechnung denn eigentlich sei. Niemand bei uns schlug aus Monaten, Wochen und Tagen so viel Zeit heraus wie er, keiner verstand es, den Kalender so ergiebig auszumosten: immer noch ein Stündchen und Überstündchen. Am Ende seines Berichts drehte mein Vater das Transistorradio an, aber so leise, als höre er einen Geheimsender.

Wenn jedoch die Maschine in der Werkstatt nicht enden wollte, wenn der Vater ausblieb, um anscheinend nicht wiederzukommen, fuhr meine Mutter irgendwann von ihrer Bohnenschüssel auf und rief:

»Er wird uns noch einmal – umfallen!«

Vor dem letzten Wort legte sie eine Pause ein anstelle des entscheidenden, von ihr vermiedenen, unterschlagenen, weggedrückten, von mir aber dennoch mitgehörten Wörtchens: unseres Hauptsorgenwörtchens *tot*. Alle paar Wochen erhielten wir ein Zeichen, wie sehr mein Vater sich andauernd übernahm und wie gefährdet er war. Er klagte über Herzschmerzen und schrie oft im Schlaf. Sein Hals war voller Holzstaub, den er erst einmal heraushusten und forträuspern musste, bevor er dienstagabends zur Singstunde des Gesangvereins gehen konnte. Denn das Singen liebte mein Vater sehr; oft verabschiedete er sich dorthin mit den Worten:

»Zeit, dass man wieder ein Mensch wird!«

Wenn er gesungen hatte, wurde er ganz liebes- oder trauerselig, je nachdem.

Er sang auch daheim, sonntagmorgens vor dem Spiegel, der gleichfalls in der Küche hing. Doch wie musste er dabei um einen sauberen Ton kämpfen! Erst nach ein paar kratzigen Fehlgesängen erhob sich das ersehnte Lied aus seinem staubigen Schlund und schwebte klar und rein und dauerhaft in der Küchenluft. Mein Vater trat noch näher vor sein eigenes Spiegelbild, nahm die Haut an seinem Kehlkopf fest zwischen Daumen und Zeigefinger und half so mit rhythmischem Zupfen seinem Tremolo nach; er sang:

Vier Bretter sah ich fallen,
Mir ward's ums Herze schwer,
Ein Wörtlein wollt ich lallen,
Da ging das Rad nicht mehr.

Mein Vater musste ein Bruchband tragen, damit ihm das Gedärm nicht durch den Riss im Bauchfell treten konnte, den er sich beim Aufheben und Tragen schwerer Eichen- und Buchendielen zugefügt hatte. Doch die tödliche Einklemmgefahr bestand bei ihm nicht mehr, dazu war der Bruch bereits zu groß. Es genügte, dass mein Vater jeden Morgen diesen schmalen, grauen, metallverstärkten Gurt um seinen Unterleib schnallte, der das Loch in seinem Bauch mit einem künstlichen Stopfen, halb Nadelkissen, halb Boxerfaust, zudrückte.

Einmal, an einem Samstag und noch frühmorgens, kam er blassgesichtig durch die Küchentür hereingewankt, den erhobenen rechten Arm in den Arbeitsschurz geschlungen. Aus dem Schurz sickerte Blut in den Ärmel hinab und durchtränkte ihn bis zur Achselhöhle. Fern dröhnte in der Werkstatt die Fräsmaschine fort, wütend und böse, wie zur Warnung, dass der Vater ihr beim zweiten Mal nicht entgehe. Später, als wir am Passionsweg unseres Nachbardorfs vor der Kreuzigung anhielten, verbarg mein Vater seine Hände in den Achselhöhlen. Ja, seine Hände sprangen oder schnellten angesichts der Kreuzigung so unwillkürlich dorthin, als wären sie erschreckte Tiere. Dabei verzerrte sich sein Gesicht. Als Haltung und Ausdruck ringsum auffielen, nahm er die Hände wieder hervor, schloss sie zu Fäusten und versenkte sie in den Jackentaschen. Seit seinem Unfall an der Fräse, sagte mein Vater, sehe er Christi Hand- und Fußnagelung mit anderen Augen.

Der Aufschrei meiner Mutter in der abendlichen Küche war das Zeichen, jetzt musste auch ich nicht mehr an mich halten, sondern durfte meiner Unruhe und meiner Sorge freien Lauf lassen. Ich rannte zum Wohnzimmerfenster, um mich mit einem Blick zu überzeugen, dass mein Vater hinter den neonweißen Werkstattfenstern noch aufrecht stand oder herumging. Sah ich ihn nicht, vermutete ich ihn bereits in den Spänen oder im Sägemehl liegend, –.

Unter einem Vorwand, den die Mutter mir sowieso nicht glaubte, lief ich hin und fand ihn hinten am Schärf- und Schleifplatz, wohin von draußen kein Blick drang. Er schaute von seiner Arbeit auf, als erwarte er schlechte Nachricht. Das Werkzeug zitterte in seinen Händen, die Nasenflügel bebten. Das Aufatmen des einen war der Schrecken des andern. Bevor wir das Licht löschten und Hand in Hand durch die Nacht hinüber zu unserem Haus gingen, betrachtete ich noch einmal – und ich tat es sonst mit Freude – rings im nieselfeinen Holzstaub auf dem Werkstattboden die zahllosen Tritte des Vaters, die irre, unverfolgbare Spur seiner Tagesarbeit. Die Spur führte nach überallhin und von überallweg. Manchmal konnte ich nicht widerstehen und trippelte sie nach. Sie verband den mächtigen grünen Leimofen mit den beiden abgewetzten braunen Hobelbänken, die wegen der zur Mitte drängenden Maschinen an den Rand gerückt worden waren; den Sims, auf dem ein Nachttischwecker verstaubte, mit dem Abstellraum, in dem mein Vater dereinst ein kleines Museum für ausgebrauchte Werkzeuge einrichten wollte; und diesen Raum wiederum verband die Spur mit der bis knapp unter die Decke hinaufreichenden hydraulischen Presse, die ein tier- und menschenähnliches Stöhnen von sich gab, wenn sie in Betrieb war, und an der von morgens bis abends und manchmal auch nachts Fenster verleimt wurden.

Denn alle Welt wünschte, brauchte, verlangte und riss sich um Fenster. Riesige, wagenweite Fenster – nicht dass man raus-, dass man reinsah, und wie nur die neue, die Fernsehzeit sie hervorbringen konnte –, Fenster, die nur noch kurze Zeit so hießen und schon bald Sichtelemente, Lichtschneisen oder Klarbausteine genannt wurden und nicht einzeln, sondern in Serie herzustellen waren, so groß war die Nachfrage. Allein der Fenster wegen hatte mein Vater eine Werkstatt errichten müssen, die einer Fabrikhalle glich, und Maschine um Maschine angeschafft. Bald würde er auch ein Auto mit Anhänger und Plane kaufen müssen, um die Fenster überhaupt noch zu den Häusern transportieren zu können, in denen sie eingesetzt werden mussten; bisher hatten ein Leiterwagen und ein Schlitten dafür genügt. Nach der Anschaffung eines Auto-mit-Anhänger-Gespanns aber wäre der Fortschrittsglaube meines Vaters und meiner Familie wohl endgültig aufgebraucht; für einen Fernseher reichte er wiederum nicht.

Es hieß, dass nicht nur die Fenster und Türen, sondern auch die Menschen der neuen Zeit größer gewachsen seien als ihre Vorfahren. Doch es blieb nicht so. Am Ende ihres Lebens waren sie alle wieder auf ihre alte kleine Größe geschrumpft. Man sah es an den Särgen, die mein Vater in seiner Werkstatt spaßeshalber noch fertigte oder um das Sargmachen nicht zu verlernen, denn das Sargmachen war ein altes und ehrwürdiges Handwerk. Anders als Fenster und Türen behielten die Särge ihre bisherige Größe, ihr vertrautes Menschenmaß – und der Sargschreiner durfte sich freuen.

Wenn mein Vater am Fensterbauen besonders litt, sagte meine Mutter zu mir:

»Lass ihn, er hat eine Serie.«

So erreichte der Fortschritt meine Familie und mit dem Fortschritt das Bauchhöhlengefühl des Fortschritts, die Angst. In einem der Werkzeugschränke meines Vaters hingen angeklebte Zettel, auf denen ich in seiner Abwesenheit einmal seinen Herzensspruch entdeckt hatte:

Beklage nie den Morgen,
der Müh' und Arbeit gibt.
Es ist so schön zu sorgen
für Menschen, die man liebt.

Zugeflogene Worte, eingesperrt hinter der Tür mit dem abgegriffenen Drehknauf: Mein Vater brauchte sie, um sich, lautlos oder flüsternd wie beim Gebet, auf seinen Arbeitstag einzustimmen. Wie oft am Tag trat er an den Schrank, um sich bei diesen Worten Kraft zu holen? Die vertrackte Spur am Boden verriet es nicht. Beim Lesen des Spruchs fühlte ich eine Scham, als hätte ich meinen Vater nackt oder weinend gesehen.

Wenn der Abend mit meiner Mutter in der Küche ausgestanden war, konnte ich halbwegs beruhigt schlafen gehen. Das heißt, plötzlich fiel meiner Mutter auf, wie spät es unterdessen geworden war, und sie scheuchte mich zu Bett. Mein Vater, der mich gern noch ein Weilchen um sich gehabt hätte, konnte nichts dagegen ausrichten. Doch mich ins

Bett zu schicken war gar nicht so einfach, sondern nur auf Umwegen möglich. Ich musste nämlich, um in mein Zimmer zu gelangen, den Hausteil wechseln und hinüber zu den Großeltern. Fünf Schwellen hatte ich bei meinem allabendlichen Gang zu überschreiten und sieben Türen sowohl auf- als auch wieder zuzumachen. Ich verließ unsere Küche, stieg draußen über die Steintreppe in den Hof hinab zum frei stehenden Aborthäuschen, trat ein und suchte den Schlüssel, den mein Großvater oder meine Großmutter dort für mich hinterlegten oder besser versteckten, wenn sie einmal früher zu Bett gingen als ich. Mit diesem Schlüssel schloss ich die Vortür zur großelterlichen Küchentür sowie die Küchentür auf, durchquerte den dunklen Raum und schaltete am gegenüberliegenden Ende das Licht an. War das geschafft, konnte meine Mutter draußen auf ihrer Staffel, nicht ohne einen letzten mir zugerufenen Gutenachtgruß, das Hoflicht löschen, das mich so weit sicher geleitet hatte. Ich hörte, wie sie nun ihre Türe schloss und zweimal den Schlüssel im Schloss drehte – einmal war keinmal –, und ich schlich, freilich nach sorgfältigem Schließen und Lichtlöschen meinerseits sowie dem Verstecken des zweiten, rückwärtigen Küchenschlüssels unter der Fußmatte, mich vorsichtig durch ein weiteres Dunkel tastend, hinauf in mein Zimmer.

Später, so wusste ich von meiner Großmutter, würde unhörbar der Schließengel durchs Haus gehen und nachprüfen, ob ich auch kein Schloss vergessen hätte. Unter allen Engeln im Himmel hatte der Schließengel den leichtesten, hellhörigsten Schlaf, er fand seine Ruhe nur selten, erst wenn er alle guten Menschen in Sicherheit wusste, nicht vorher, niemals.

Mein Zimmer hieß Bubenkammer, und ich verbrachte dort die Nächte, seit ich im Alter von sechs Jahren aus dem Elternschlafzimmer entfernt worden war. Mädchenkammer gab es keine, die letzten Frauen, die in diesem Haus ihre Kindheit verlebt hatten, waren die Schwestern des Großvaters gewesen. Seither wuchsen nur noch Männer dort auf. Die in der eigenen Werkstatt gefertigten Holzspielsachen, steingraue Ritterburgen, feldgraue Lastwagen, zeugten davon. Sie hatten auch zwei kleinen Söhnen gehört, die es nicht mehr gab: Der eine war erwachsen geworden und mein Vater, der andere hieß Gottl und war tot. In der Bubenkammer standen ihrer beider Betten, streng, kühl und jeweils mit einem weißen Überwurf bedeckt, nebeneinander. Eines davon war nun überflüssig, denn mit mir zog ein Bruderloser ein.

Nie zuvor hatte ich diesen Raum betreten, noch nicht einmal von ihm gehört. Doch alle erzählten mir, wie er immer nur für mich da gewesen sei, für mich bereitgestanden und auf mich gewartet habe – mit einem Wort der neuen Zeit: mein »Kinderzimmer«. Meine Eltern bedienten sich dieses Wortes jetzt, um mir den Einzug in die Bubenkammer angenehm zu machen. Sie wussten, dass ich ein Parteigänger der neuen Zeit war. Mit einem Schmunzeln überließen sie mir die Wahl, in welchem der beiden Betten ich liegen wollte. An der Wand hing ein Bild von Gottes eingeborenem Sohn mit seiner Dornenkrone, Blutstropfen auf der Stirn und himmelwärts zum Vater aufgeschlagenen Augen. Von der Decke herab baumelte eine gläserne Blütenkelchleuchte, die man von beiden Betten aus mittels einer Schnur, die längs der Wand herniederlief, anknipsen konnte.

Frischer Putzgeruch mischte sich in der Luft mit dem Duft von Obst und Gewürzen, und zusammen rief beides in Wellen leichte Schwindel und Schauder hervor. Erstaunlich, dass all das von mir gewusst und auf mich gewartet hatte. Unfasslich, dass es mitten in meinem Haus eine solche Fremde geben konnte. Man tätschelte mir den Kopf, aber so mitleidsanft, dass ich Verdacht schöpfte: Ich war das Ei, dessen Schale noch nicht ausgehärtet war.

Vor allem konnte es hier oben in der Bubenkammer Nacht sein wie nirgendwo sonst. Irgendein Lichtschein hatte mich bisher im Dunkeln immer erreicht. Hier schirmte der große Kastanienbaum vor dem Fenster selbst noch das Mondlicht ab, das sonst überall einen Durchschlupf fand. Es waren nicht weniger als sieben Dunkelheiten, die mich hier umfingen wie Zwiebelhäute, eine für jede Tür, die ich hinter mir zugeschlossen hatte und die mich nun von der Welt abschnitt.

Das hiesige Dunkel oder Teer- und Tintenschwarz begnügte sich aber nicht allein damit, den Raum auszufüllen, es drang durch alle Poren auch in den Liegenden ein und löschte in ihm selbst noch die kleinste Erinnerung an das Licht aus, so dass auch in meinen Rettungsgedanken schnell Finsternis herrschte. Nie, niemals war ich weiter von jedem Fernsehlicht entfernt als in diesen Bubenkammernächten. Meine Rückenlage erleichterte dem Dunkel die Arbeit noch, und es kostete schon einen rebellischen Mut, sich mit einem Ruck aufzurichten und nach der Lichtschnur links an der Wand zu greifen. War es erst hell, konnte die Flucht ergriffen werden. Allerdings musste ich dafür zunächst das Kuchenbrett überwinden, das rechts an der Einstiegsseite zwischen Matratze und Bettrahmen festgeklemmt war und in den Raum stand wie ein Halb- oder Zweidrittelmond – ein Einfall meiner Großmutter, damit ich im Schlaf nicht aus dem hohen Erwachsenenbett fiele. Das Kuchenbrett hatte etwa einen Meter Durchmesser und einen armlangen Stiel. Unterm Jahr wurde es häufig zum Teigkneten verwendet, was man an seinen Mehl- und Fettspuren erkennen konnte, und des Nachts diente es zu meinem Schutz, bis ich so groß geworden war, dass ich, sitzend auf der Bettkante, mit den Zehen den Boden berührte.

Mit dem Dunkel fertig zu werden, versuchte ich auf mancherlei Weise; denn allmählich hatte ich begriffen, dass das Schlafen jeden Abend von neuem zu lernen war. Erstens: Ich floh zu meinen Großeltern, entweder in ihr benachbartes Schlafzimmer, um mich in den Ehebettgraben zwischen Großmutter und Großvater zu legen, oder, wenn sie noch wach waren, hinunter in ihre Küche, um mich dort besonders von der Großmutter ermutigen, ja anfeuern zu lassen, doch wieder »hinauf« zu gehen, indem wir gemeinsam die Fäuste ballten und der Nacht den Kampf ansagten. Zweitens: Ich vereinbarte mit meiner Mutter, dass sie zu einer bestimmten Zeit nach Schließung des Hausteils, in dem ich lag, unter mein Zimmerfenster treten und zu mir heraufsprechen solle. Ich hätte auch eine kleine Umarmung brauchen können, doch es war abgemacht: Umarmen wollten wir uns erst im Paradies. Drittens: Ich rief durch die Wand mit kaum vorhandener Stimme nach meinem Großvater. Viertens: Ich trainierte schon am frühen Abend für die Nacht, indem ich, noch in der hell erleuchteten Küche meiner Eltern, die Augen zukniff und dem Dunkel übungshalber trotzte. Fünftens: Ich lag im Licht, bis rings die Gegenstände unheimlich wurden und ich das Licht freiwillig wieder ausmachte. Sechstens: Ich blieb im Dunkeln liegen und sammelte in der Muschel meines Ohrs tropfenweise Trostgeräusche aller Art – Großvaters Schnarchen von nebenan, ein Lachen von irgendwoher, das Rauschen des Kastanienbaums und obendrein noch den fernen Pfiff, den der Eisenbahnzug ausstieß, bevor er in den Tunnel unter dem Berg Schanz einfuhr. Und das Geräuschesammeln brachte Linderung. Was von draußen zu mir drang, musste nur ein klein wenig lauter sein als das Rauschen und Pochen aus dem Innern des eigenen Leibs.

Lieb war mir auch, wenn der meist betrunken aus dem Wirtshaus heimkehrende Nachbarssohn Hansheiner unter meinem Fenster sein Nachtangstgebet sprach, ohne es zu ahnen auch für mich. So versuchte er, die letzten und dunkelsten Meter unter dem Kastanienbaum hindurch bis zu seinem Elternhaus zu überwinden, dem mein Vater den Namen Wartburg gegeben hatte. Es war ein langes Gebet beziehungsweise Gedicht, das Hansheiner auch auf Dorffesten manchmal mit wüst verstellter Stimme vom Biertisch herab aufsagte und das er nun im Suff zerbrummelte und zerbrabbelte, bis auf die beiden oft wiederholten und gut zu verstehenden Verse, nach denen er jeweils aufheulte:

Ist mir's Nacht im Herzen
Oder vorm Gesicht?
Huu-
u-
huuuh!!!

Siebtens: Ich trug, weil es verboten war, heimlich unter meinem Bademantel eine von Großmutters Katzen rasch mit hinauf in die Bubenkammer und bat sie, bei mir zu bleiben, denn ihr Schnurren war mir das liebste Trostgeräusch. Die Katze wollte aber nicht, sie dachte ans Mausen und Schweifen im Freien, und ich musste, damit sie wenigstens eine Weile bei mir aushielt, eine von den Bratwürsten an sie verfüttern, die in meinem Zimmer zum Trocknen aufgehängt waren. Diese luftgetrockneten Würste waren jedoch so hart, dass ich sie für die Katze mit meinem Speichel aufweichen und mit meinen Zähnen vorkauen musste.

Auch andere Lebensmittel wurden in der Bubenkammer gelagert, Gläser mit Marmelade und Gelee in einem kleinen Regal mit Vorhang, Tafelobst und Quitten in hölzernen Kisten, Brotlaibe, die es kühl brauchten, aber auch, teils in selbst genähte Stoffsäckchen gefüllt, Gewürze, Kräuter und Heiltees – die Düfte des Zimmers wechselten mit den Jahreszeiten. In der entlegensten Ecke standen Flaschen und Glasballone mit Blutwurzelschnaps zum Trinken und Franzbranntwein oder Ameisengeist zum Einreiben. Die großen schwarzen Rossameisen, die hinter der gläsernen Wand tot in rostroter Flüssigkeit schwammen, beneidete ich nicht. Doch ich wünschte mir manchmal, eine von den Würsten, ein Apfel oder eine Schlüsselblume im Dörrsack zu sein, um keine Augen und Ohren zu haben und mich nicht gegen die Finsternis aufbäumen und anstemmen zu müssen. Ich dachte mir, dass sie alle nichts oder nur selig wenig zu fühlen bräuchten oder doch wenigstens nicht alleine waren mit der Nacht und ihren Nachtgefühlen, sondern dass sie ihresgleichen in größerer Zahl um sich hatten.

Alle paar Tage stieg die Großmutter herauf in die Bubenkammer, um von den Vorräten zu holen. Manchmal setzte sie sich an mein Bett und sprach leise und zärtlich vor sich hin, als ob ich darin läge. Aber ich lag gar nicht drin, sondern trat unauffällig hinter sie und glaubte zu hören, wie sie halblaut und indem sie das Kopfkissen liebkoste den Namen ihres Sohnes Gottl aussprach, des Toten, der mein Onkel Gotthilf war. Drunten in der Großelternstube stand auf einem Tischchen in einem wuchtigen eisernen Rahmen sein Bild. Er hatte, wie sonst niemand in unserer Familie, dunkle Augen, lächelte so dünn, dass nur die mit ihm Verschworenen es überhaupt erkennen konnten, und trug eine seltsame, unter dem Kinn geschlossene schwarze Lederhaube mit großen Wülsten über den Ohren, als hätte er Ohrlöffel der Sondergröße besessen.

»Er war ein Luftikus, ein Sausewind. Wenn man ihn fragte: ›Magst du eine Zigarette?‹, antwortete er: ›Nein, gib mir Schokolade!‹« So erzählte mein Vater, um nach kurzer Stille hinzuzufügen: »Für sein Leben gern hat er Schokolade gegessen. Wahrhaftig! Aber er musste auch früh sterben.«

Nacht für Nacht sei Gottl durchs Fenster der Bubenkammer aufs Dach des Aborthäuschens und von dort sicher und ohne sich je zu verletzen in den Hof hinabgesprungen, um bis in den Morgen herumzuschwänzen. Durchs Fenster sei er auch zurückgeklettert und habe sich wieder ins Bett gelegt, um zu schlafen bis in den Mittag. Die Schokoladensüße des Lebens, Gottl hatte sie ganz alleine aufgezehrt. Doch sein Tod erklärte, entschuldigte, entsühnte alles. Meinem Vater waren nur die trockenen Späne und das bittere Holzmehl geblieben. Er sagte:

»Die Arbeit durfte ich tun.«

Das klang vorwurfsvoll und einverstanden zugleich; bestimmte Sätze meines Vaters hatten immer diesen Zugleichklang. So sprach und arbeitete er nach Gottls Tod fortan für zwei, für den Toten gleich mit.

Im Krieg, erzählte er, sei mein Onkel Gotthilf Bordfunker gewesen und über dem Weiler Gänserndorf bei der Stadt Wien mit seinem Flugzeug abgeschossen worden. Gottl trug keinen Fallschirm, denn ihm konnte nichts geschehen. Nur Asche blieb von ihm übrig, vermengt mit der Asche des verbrannten Flugzeugs, der Asche seiner Kameraden und vielleicht noch mit einem Häufchen Gänserndorfer Ackererde. Beide, so erzählte mein Vater, hätten sie schon in ihrer Jugend immer nur eines gewollt:

»Fliegen, fliegen, fliegen – frei wie die Vögel!«

Im Fotoalbum der Großeltern entdeckte ich Bilder von Gottls Beerdigung: einen Sarg, an dem Soldaten mit angelegten Gewehren in die Luft schossen, als hätten sie dort ein Ziel; im Hintergrund Großvater und Großmutter mit erschreckten Gesichtern. Die Großeltern hatten es abgelehnt, vom Staat die Prämie anzunehmen, die er für tote Helden zahlte. Dennoch war über dem Sarg eine Hakenkreuzfahne ausgebreitet, dennoch wurde am Grab geschossen. Aus Tischgesprächen schnappte ich ein paar Brocken auf: Der Sarg war leer gewesen, nur eine Urne hatte darin gelegen. Sie war eines Tages mit der Post eingetroffen, angekündigt von einem Telegramm. Großmutter hatte sie auf dem Postamt abgeholt und in einem Obst- oder Brotkorb nach Hause getragen; wann immer davon gesprochen wurde, kehrte der Obst- oder Brotkorb wieder; in ihm kreiste die Urne durch unsere Geschichten. Aus dem Korb war die Urne in den viel zu großen Sarg gebettet worden, den der Großvater in seiner Schreinerwerkstatt selbst gezimmert hatte, und mit dem Sarg in die Erde. Auf dem Grab stand ein Soldatenkreuz aus Stein. Mein Vater und ich wuschen es zuweilen mit Wasser und Seife ab. Einmal im Jahr, zu Gottls Geburtstag im Mai, wenige Tage nach dem meinigen, besuchte die ganze Familie das Grab und brachte ihm als Geschenk unser gesammeltes Andenken mit; denn das Einzige, was wir ihm noch schenken konnten, waren unsere Erinnerungen. Aber ich blickte kühl zu Boden und dachte mich nicht ohne eine gewisse Furcht vor den Gedankenlesern in meiner Familie in Gottls Grab hinein:

Er ist
ja gar
nicht drin.

Nachts, wenn ich in meinem Bett lag, lag ich auch in seinem. Von überallher, selbst aus den entfernteren Nachbarhäusern, hörte ich die allabendliche Schließarbeit, das Krachen der Schlüssel, das Schnappen der Riegel, das Schlagen der Fensterläden, und ich begriff, dass all die Mühen des Verschließens, Verriegelns und Versperrens notwendig waren, damit nie ein Gottl mehr entlaufe und verloren gehe. Diese Gefahr bestand, musste bestehen, denn nicht selten sagte mein Vater, dass es in jedem Haus unseres Dorfs einen Gottl wie den unsern gebe, ja vermutlich sogar in jedem Haus ringsherum in Deutschland. Durch einen Busch, der sich zitternd und mit einem Rauschen hinter ihnen schloss, mochten die Gottls der Welt Nacht für Nacht mit einem Erobererlächeln entschwinden. Ich war mir nicht sicher, ob ich ihnen, über das moosbewachsene, bröckelige Dach unseres Aborthäuschens hinweg, jemals nachfolgen wollte.

Drittes Kapitel

An dem Haus von Vater und Sohn Heilmann gab es keine Glocke, mit der ich die beiden Männer hätte herausläuten können. Mein Klopfen an der Haustür oder der Küchentür hätten sie nicht gehört, denn sie saßen sonntags um diese Zeit in der Stube, dem hintersten Zimmer ihrer Wohnung. Ich musste also das Haus meiner Fernsehgastgeber unaufgefordert betreten, musste durch den halbdunklen, nach Kellerfeuchte riechenden Gang und von dort in die Küche, musste, nachdem ich die Tür sacht wieder zugemacht hatte, über die knirschenden Bodenfliesen quer durch die Küche hindurch, vorbei an der Aborttür, bei der es nach der Senkgrube stank, musste noch einmal stehen bleiben und horchen, ob der Fernseher schon lief, um endlich mit der Faust gegen die Stubentür zu pochen. Das war ein kraftraubender, aber nützlicher Fernsehgastbrauch: wie ein Räuber ins Haus zu schleichen, um sich drinnen wie ein Gendarm bemerkbar zu machen. Meine Fernsehgastgeber sollten ihr »Herein!« im ersten Schrecken ausrufen, bevor sie kurz darauf erleichtert feststellen durften, dass nur ich es war. Dieser Brauch konnte aber allein im alten und hinteren Dorf ausgeübt werden, wo die zumeist klingellosen Häuser tagsüber unverschlossen blieben, echte, gut greifbare Türklinken hatten und keine unbeweglichen, neuartigen Stahl- und Eisenknäufe, an denen man sich nur die Hand verdrehen konnte. Überhaupt wurde man damals noch keineswegs misstrauisch beäugt, wenn man einfach ein fremdes Haus betrat, ohne dessen Bewohner zuvor gewarnt oder in Alarmbereitschaft versetzt zu haben. Man war willkommen – so stand es ja mit Ausrufezeichen für jedermann oft genug über den Türen –, und manchmal schien man sogar erwartet zu werden: wie der Bringer einer allesrettenden, alleszerstörenden Botschaft. Solche Hoffnungen oder Befürchtungen machte der Fernsehgast sich verschiedentlich zu Nutze, weil er ahnte, dass er desto unabweisbarer sei, je tiefer er ins Wohnungsinnere vordrang; am unabweisbarsten freilich an der innersten Tür. Man musste dem Fernsehgastgeber von seiner Entscheidung so viel wie möglich abnehmen. Am besten wäre es gewesen, fernsehbereit schon in seiner Wohnung einzusitzen, wenn er heimkam. Doch das Recht auf Selbsteinquartierung blieb vorläufig noch ein Traum. Wirklichkeit dagegen war – und im Zeitalter der Schließanlagen konnte es leicht zur Regel werden –, dass ich oft weit vor allem Eindringen in Fernsehgasthäuser von kauenden Mündern oder shampoonierten Köpfen, die in jählings aufgerissenen Fenstern erschienen, majestätisch abgefertigt wurde.

Hinter der innersten Tür lag in fast allen Häusern des Dorfes, zu denen ich mir schon Zutritt verschafft hatte, die Stube. Nein, umgekehrt: Die Stube war in allen Häusern, die ich kannte, der am weitesten von jeder Außenwelt entfernte Raum, sozusagen ihr tiefstes Inneres, weshalb sie auch oft »traute« Stube genannt wurde. Kein Gast, der sich nicht seinerseits etwas traute, konnte je bis dorthin gelangen. Noch vor Beginn der neuen Zeit war ein solcher Vorstoß für jedermann ausgeschlossen gewesen, mit Ausnahme von ein paar Angehörigen vielleicht. Dabei blieben die Stuben lange größtenteils unbewohnt. Sie schienen einem Familiengrab verwandt, auf dessen Stein der Name bereits eingemeißelt war, in dem aber noch keiner lag. Zumindest das alte und hintere Dorf wohnte am liebsten in der Küche. Für die Küche genügten die Werktagsstimmung, die Arbeitsschuhe und eine Kaffeeschale mit abgebrochenem Henkel. Kein Mensch dachte in der Küche an die Stube. In der Stube aber, zu Ostern oder bei einem Leichenschmaus, sehnte sich alles nach der Küche zurück. Die Stube war bis zur Einführung des Fernsehens der misslungenste Raum in allen Häusern, die ich bereits betreten hatte. Sie glich Abstellräumen und wurde nur zum Gebrauch beheizt; seltsam, dass es dort selbst im Sommer kalt war. Sie ähnelte Speisekammern, weil in ihr die hausgemachten Nudeln zum Trocknen und Aushärten gekräuselt über den Tisch gebreitet waren. Sie diente als Museum, weil an ihren Wänden die Fotografien von Ahnen hingen, die aussahen wie vom Blitz erschreckt. In diesem Raum wurden die Toten aufgebahrt, bevor der hochrädrige schwarze Leichenwagen mit den zwei Pferden sie holte. Erbstücke – Uhren, krummbeinige Tischchen, Kommoden – standen hier frei herum und wurden von niemandem wirklich benötigt; doch wagte auch niemand, sich von all diesen Besitztümern zu trennen. Man ehrte sie, indem man sie nicht gebrauchte und trotzdem aufbewahrte. Wer bei ihnen eintrat, fiel in Verlegenheit oder Trauer und konnte nur noch flüstern. Die Uhr wurde allein zu besonderen Anlässen mit einem gut gehüteten Schlüssel aufgezogen, sonst hatte auch sie zu schweigen. Da Fenster und Vorhänge die ganze Zeit geschlossen blieben, herrschte immer Krankenzimmerhalblicht. Ja, alles in diesem Raum war so licht- und lärmempfindlich wie ein Kranker. Bis der Fernseher einzog, für den in der Küche kein Platz war, obwohl er bestens dort hingepasst hätte, zu all den übrigen, weit verstreuten Alltagsgebrauchsgegenständen. Erst der Fernseher baute die Häuser um und machte die Stuben gesund und wohnlich. Die ausgelegten Nudeln wurden verzehrt, die Totenbilder abgehängt und im Fotoalbum begraben, ein überzähliger, weil schon seit Jahren hinkender Stuhl klein gehackt zu Brennholz, mit dem die Stube nun endlich beheizt werden konnte. Allein die Vorhänge durften zugezogen bleiben, um weiterhin das grellste Licht abzuhalten, denn der Fernseher, dieser Neuankömmling, erstrahlte am schönsten im Zwielicht, was von den meisten Dorfbewohnern freilich noch zu lernen war. Die Stube, befreit und gesäubert von Angst, Erinnerung und unnützem Plunder, wurde durch den Fernsehapparat zu einem Werktagsaufenthalt wie die Küche. Fast alle schienen nur darauf gewartet zu haben, die Stube mit Hilfe des Fernsehers in Besitz zu nehmen; von da an hieß sie »Wohnzimmer«.

Beinahe immer begann meine Fernsehreise auf der Straße. Ich pfiff unter Küchenfenstern und schnippte Steinchen gegen die Scheiben hoch. Ich rief Namen an Hauswänden hinauf, kletterte über Zäune, stemmte mich, wenn vorhanden, gegen Klingelknöpfe, dass sie kaum wieder herausspringen wollten. Hinter Bäumen hervor überraschte ich Fernsehgastgeber, die zufällig auf dem Heimweg waren. Ich stand im Sonnenschein, kam sogar auf Skiern oder stützte mich, unübersehbar auf dem Fahrrad sitzend, gegen Haustürpfosten. Manchmal brachte ich Geschenke mit, zwei Hände voll Zwetschgen, eine Gurke, eine gelbe Rübe, an der noch die Gartenerde hing, oder ein paar Eier, frisch aus den Nestern – alles Dinge, die mir auf dem Herweg zugefallen waren. Nie aber gelang mir ein beiläufiges, geheimnisumwittertes Warten, das die anderen neugierig auf mich gemacht hätte. Ich wartete immer *hauptsächlich*, mit im Regen erhobenem Gesicht, unter allerlei Tropfen zwinkernd, lauernd, fordernd, dass ein Fenster aufflöge, ein Kopf sich zeigte, ich hereingerufen würde. Manchmal stand ich so lange, bis ich mich bloßgestellt hatte und, vom Aufschauen schwindlig, glaubte, alle schauten mir aus dem Verborgenen zu und je länger, desto tiefer in mich hinein. Dann ging ich wie barfuß auf Scherben davon und beobachtete aus dem spitzen Winkel eines Verstecks die Straße, von der ich nun weggefegt war.

Nur in seltenen Fällen war es wirklich kinderleicht, das Fernsehgastrecht zu erwerben, etwa wenn man eingeladen wurde und die Fernsehgaststube im Gefolge anderer betreten durfte, ohne Bitten und Erklärungen, stattdessen mit schlichtem Gruß wie ein Flaschner bei Wasserrohrbruch oder ein Sanitäter bei Hirnschlag, jedenfalls wie einer, der aus zwingenden Gründen hereingelassen werden musste. Meist aber war es eine Aufgabe wie für Erwachsene, vor einen Fernseher zu gelangen, und schlimmstenfalls dauerte der Kampf darum zwei- oder dreimal so lang wie der begehrte Film selbst. Und weil dieser Kampf derart unberechenbar verlaufen konnte, musste man daheim zeitig aufbrechen, um auf gar keinen Fall den Anfang zu versäumen. Auch war es gut, vor dem Eintritt in ein Fernsehgasthaus noch einmal sein Wasser abzuschlagen, damit nicht die eigene Notdurft das Fernseherlebnis vereiteln konnte. Doch der Kampf um Einlass machte einen immer ungeduldiger, ja rappelig, wenn man wusste oder auch nur ahnte, dass der Film schon angefangen hatte. Außerdem war womöglich der Fernseher noch kalt und abgeschaltet, es würde also noch ein weiteres Mal sinnlos Zeit vergehen, bis das Gerät sich aufwärmte und endlich seine Bilder freigab. Nichts war so erbärmlich wie ein am Anfang oder am Ende gekappter Film. Manche Fernsehgastgeber schlossen ihren Apparat sogar in einer Kommode ein oder verhängten ihn mit Zierdeckchen. Sie ertrugen wohl nicht, solange er ausgeschaltet war, sein graues einäugiges Glotzen. Das erste Gebot des Fernsehwanderers lautete daher: pünktlich sein und ohne Hetze hinter dem Tisch oder unter dem Tisch – je nachdem, was einem erlaubt war – Platz nehmen und sich allmählich einsehen oder warmschauen beim dafür wie geschaffenen Rückblick des Was-bisher-geschah, der in meinem Fall jedoch reine Vergeudung war, weil ich aus den vorangegangenen Folgen gar nichts und gar niemand vergessen hatte.

Aus der Stube von Vater und Sohn Heilmann antwortete mir keiner außer dem Fernseher, er hieß mich willkommen. Weit und breit kein Vorzeichen, das auf den üblen Ausgang dieses Sonntags wies! Ich öffnete die Tür, grüßte ohne zu zögern und sprach von der Schwelle herab ins Zimmer hinein:

»Ich möchte fernsehgucken. Gleich kommt ein Film.«

Der Aussagesatz mit dem einfachen, allgemein gehaltenen Programmhinweis genügte hier. Darauf grummelten Vater und Sohn Heilmann meist nur, und ich hatte gesiegt. Andere Leute im Dorf waren noch nicht so weit wie die beiden, sie teilten ihren Apparat nur ungern mit Fremden. Vor ihnen war man gezwungen, Fragesätze zu gebrauchen, schlichte von nur geringem Fragegehalt und mit den Schneidezähnen gesprochene wie »Kann ich hier fernsehgucken?«, aber auch sorgsam betonte. Das Schmackhafteste, was der Fernsehgast zu bieten hatte, war der Bittstellersatz mit vorangestelltem Namensappell:

»Frau Benz, darf ich hier ein bisschen fernsehgucken?«

Das wahlweise, fast inbrünstig dahingeflüsterte »ein bisschen« stieß manche sonst schwer zu öffnende Tür auf, saß man erst drin, egal ob im Wohnzimmersessel in der Mitte oder nur auf einem Schemelchen zwischen den Blumen, hatte man eine weitaus bessere Basis, um über den Unterschied zwischen »ein bisschen« und »ein bisschen mehr« zu verhandeln. Nur in Ausnahmefällen durfte der Fernsehgast jedoch die Dauer des Films und damit seines geplanten Aufenthalts bekannt geben, weil er später zu seinem eigenen Nachteil darauf festgelegt werden konnte. Was aber, wenn die vorausgehenden Sendungen sich verzögerten oder wenn der Film wegen eines Staatsbesuchs oder eines Staatsbegräbnisses um eine halbe Stunde verschoben wurde? Ich hatte beides schon erlebt. Nicht alle Fernsehgastgeber ließen über höhere Gewalt mit sich reden. Hingegen war es nicht schädlich, das Bittgesuch sofort zu ergänzen um den mit unterschiedlicher Schärfe zu sprechenden Nachsatz:

»Gleich kommt *mein* Film.«

Allerdings wollte dem Fernsehgast dieser sozusagen besitzanzeigende Programmhinweis nur selten zum Mund heraus, er versteckte sich unter der Zunge, er verhakte sich zwischen den Zähnen, er klebte am Gaumen. War er ausgesprochen, hatte man sich eine Blöße gegeben und gezeigt, dass man verwundbar war; das galt es zu vermeiden. Darum musste seine vierte Art und Weise des Vorsprechens, nämlich die Bettlerlitanei, im Großen und Ganzen unverständlich gehalten werden: ein Stammeln, Lallen und Augenrollen, ein flehentliches Händeheben und unterwürfiges Kniebeugen, das als letztes Mittel meistens genügte, um die Dringlichkeit einer milden Fernsehgabe unter Beweis zu stellen.

Ein solcher Aufwand war bei Vater und Sohn Heilmann nicht nötig. Die beiden Männer gaben mir immer nur Zeichen, die ich als Zustimmung deuten konnte, und nie beschwerten sie sich darüber, dass ich sie falsch verstanden hätte. Man konnte bei ihnen einziehen, und sie merkten es nicht. Sie sahen vermutlich auch nie, was anderen Fernsehgastgebern eher auffallen mochte, nämlich wie ich mich für ein schönes, gelungenes Eintreten zurechtgemacht hatte: den aufgestellten Jackenkragen, das mit den Fingernägeln noch schnell zur Seite gekämmte schneeblonde Haar, die mit der eigenen Spucke gesäuberten Mundwinkel; man wusste nie, welches Gesicht man mit sich herumtrug.

Was aber hätten meine Mutter und meine Großmutter gesagt, wenn sie mich bei meiner Bettlerlitanei auf dem Fußabkratzer fremder Leute ertappt hätten? Ich mimte den Bedürftigen, ohne bedürftig zu sein, den Armen, ohne arm zu sein. Ich führte ein Schauspiel auf, um zu täuschen und zu betrügen. Das war kein Dorftheater mehr, wie auch meine Mutter und meine Großmutter es schätzten und bei dem sie einmal im Jahr sogar mitspielten; aber dort wurde gespielt, und alle wussten, dass gespielt wurde: Die Bäuerin spielte eine Bäuerin, der Handwerker einen Handwerker, der Lehrer einen Lehrer und der Pfarrer einen Pfarrer oder höchstens einen Dekan. Keiner entfernte sich im Spiel zu weit von sich selbst. Die gespielten und die spielenden Personen blieben gleichsam in Rufweite füreinander. Ich aber mimte einen Bettler und war doch keiner. Ich erfand, nein, ich erlog mich als Bettlergestalt. Was ich trieb, hätte meine Großmutter, die in solchen Dingen bei uns den Ton angab, eine »Komeede« gescholten. Das war noch verworfener als Karneval und Fasching zusammen. Während alljährlich im Februar oder März die Kinder maskiert, bemalt und in Kostümen herumliefen und sich freuten, nicht erkannt zu werden, blieb ich nahezu unverändert. Zwar durfte ich eine Waffe, einen Hut sowie an der Hose oder an den Hemdsärmeln bunte Krepppapierfransen tragen, ein schwarzer Schnurrbart aber und lange Räuberkoteletten, aufgemalt oder angepappt, kamen für mich nicht in Frage. Ich war derjenige, der für sich selbst und auch für andere immer der Gleiche war und immerzu der Gleiche zu sein und zu bleiben hatte, bei dessen Auftreten man grinste, weil man ihn durch und durch kannte und alles von ihm wusste:

»Ach so, du bist es …«

Mit und ohne »nur« am Ende.

Am strengsten untersagt war mir das Aufsetzen einer jener Masken aus Gummi oder Plastik, die immer um diese Zeit im Kaufladen für ein paar Zehnpfennigstücke zu bekommen waren. Vor allem nämlich hatte mein Gesicht natürlich und unverhüllt zu bleiben, damit Gott mich, sein angeblich unverwechselbares Geschöpf, in jedem Augenblick erkennen könnte. Mein Gesicht war vor ihm wie ein

Ausweis. Stürbe ich in maskiertem Zustand – und der Tod lag bei uns ja immer in der Luft – und träte in einer Hundeschnauzen- oder Schweinerüsselmaske vor ihn hin, wäre Gott dazu nicht in der Lage, mein Gesicht, meine Seele, mein Ausweis aber unrettbar verloren. Doch ebenso sehr wie das Maskieren verabscheute meine Großmutter das Grimassieren, auch das mit Worten. Stürbe ich also mit gefälschter Rede und verstellter Miene vor einem meiner Fernsehgastgeber, so träte ich schon in der nächsten Sekunde als Fernsehgast vor die Himmelspforte und wäre nicht zu erkennen. Petrus wiese mich durch ein gerade kopfgroßes Fensterchen in dem riesigen, von ihm bewachten Portal schroff zurück, weil er ein anderes Bild von mir hatte. So musste ich wieder fortgehen und auch weiterhin umherziehen – ruhelos, wie man in solchen Fällen wohl sagte.

Doch genau besehen änderte sich durch meine Zurückweisung an der Himmelstür nichts, ich würde auch weiterhin als Fernsehgast unterwegs sein, hartnäckig auf der Spur der Antennen. Übrigens war der Fernsehgast auf dieser Spur immer allein unterwegs, nie begegnete er einem Zweiten von seiner Art und Statur, im ganzen Dorf schien es außer ihm keinen weiteren Fernsehgast zu geben. Doch wäre ihm ein solcher über den Weg gelaufen, hätte er ihn überhaupt erkannt? So einer konnte nämlich ein Geheimnis wahren und sich danach richten. Bei Ernst Altstädter, der in seiner Scheune einen Fernseher vor zwei Bankreihen aufgestellt haben sollte, verkehrten angeblich Fernsehgäste. Aber dort, so hieß es, musste man Eintritt bezahlen, und Altstädter schaute sich die Leute, die er hereinließ, genau an; ein Besuch in der Scheune kam für mich also nicht in Frage.

Ich sprang in die Stube hinab, die ein wenig tiefer lag als die Küche, doch ich kannte den Absatz. Der alte Heilmann ermahnte mich an diesem schwarzen Sonntag zum ersten Mal, leise zu sein, doch ein Knarren der Dielen ließ sich nicht vermeiden. Oder war es ein Warnzeichen gewesen, unverstanden von mir? Freilich, er hatte mich wortlos ermahnt, mit einem Laut zwischen Fauchen und Zischen, wie ihn Frau Höckls gefährlicher blauäugiger Ganter ausstieß, wenn er mir mit vorgestrecktem Hals und schlagenden Flügeln den Weg verstellte und mit seinem aufgesperrten Schnabel auf meinen Hosenlatz zielte. Meine Großmutter hatte mich vor ihm gewarnt: Wer nicht Acht gebe, dem schnappe dieser kalt und blau blickende Vogel »mir nichts, dir nichts« das angewachsene Wasserhähnchen weg, weshalb es für einen Buben meines Alters ratsamer sei, nicht ständig im Freien zu schiffen.

Ich zwängte mich, um gute Sicht zu haben, mit einem Stuhl zwischen Sofa und Tisch. Hinter dem Tisch, der in meinen Rücken stieß, saß der alte Heilmann. Ich hörte hin und wieder, wie er ein Streichholz anriss oder mit Krug und Glas hantierte. Er rauchte, doch es schien, als behalte er den eingesogenen Rauch in den Lungen, denn kaum ein Wölkchen stieg aus seiner Ecke. Vor mir auf dem Sofa lag der junge Heilmann. Er sah liegend fern, und auch er rauchte. Einmal drehte er sich auf den Rücken, dann wieder auf die linke, fernsehzugewandte Seite, wobei er das Sofa jedes Mal bis zum Boden durchdrückte und die Sofafedern unter sich zum Klingen brachte. Still lag er fast nur, wenn er sich einen Tabakkrümel von den Lippen zupfte oder, leicht erhoben wie ein Kranker, an seinem Mostglas schlürfte. Schon bald saß ich eingenebelt und fächelte Rauch, um freie Sicht zu haben. In den Sprechpausen des Fernsehers hörte ich die Sommergeräusche des Gartens und das Rauschen des Bachs, der hinter dem Garten eine Schleife zog. Vor dem Stubenfenster wuchs ein Birnbaum. Sein Laub ließ nur spärliches Licht herein, in dem blauer Rauch in allerlei Figuren quoll. Ich dachte mir manchmal, dass die beiden, die ja nie etwas sagten, aber fortwährend rauchten, sich einander wie Indianer mittels Rauchzeichen verständlich machten. Wenn das stimmte, hatten sie allerdings Pech, denn mit meinem Gefuchtel zerstörte ich die hingequalmten Signale, kaum dass sie lesbar in der Luft standen.

Die Gefahr, dem alten oder dem jungen Heilmann jetzt noch, am äußersten Ende des Wartens, Zigaretten vom Automaten holen zu müssen, war gering, die beiden schienen mir heute, an diesem uns vom Kalender vorgeschriebenen Sonntag, ausreichend versorgt. Doch ich kannte auch das: genau zum Filmbeginn, mit einem Markstück versehen, noch einmal aufzustehen und hinauszurennen; denn abschlagen durfte man einem Fernsehgastgeber nichts oder nur wenig. Draußen hieß es in einem solchen Fall, achtsam zu sein und trotz der drängenden Zeit sowie des aufgehitzten Kopfes nur geschützte Nebenwege zu nehmen, um nicht den eigenen Eltern in die Arme zu laufen, die sich, unberechenbar wie eh und je, inzwischen zu einem Sonntagsspaziergang entschlossen haben konnten. Kehrte man schwitzend und schnaufend zurück, und der Film hatte schon angefangen, glaubte man, den Dagebliebenen an einzelnen Gesten und Bewegungen ablesen zu können, was einem entgangen war.

Mit einem Trompetenstoß setzte die Filmmusik ein. Sie schwoll an, und das Holzgehäuse des Fernsehers begann mitzuschwingen. Es dröhnte und bebte.

Mich versetzte die Musik in einen Schauder, der mir wie eine Kolonne Ameisen über den Rücken durch das Genick den Hinterkopf hinauflief, dann wurde mir mit einem Male wohlig warm. So und nicht anders, mit Schauder und Wärme und einem Glücksgefühl, das auf Insektenfüßen daherkam, fing meine Fliegergeschichte an, von der ich noch keine Folge ausgelassen hatte. Ihr Held war ein so genannter Testpilot. Er flog mit allem, was auch nur stummelhafte Andeutungen von Flügeln hatte, Segler, Propellerflugzeuge, Düsenjäger, ja Raketen: rasend steil hinauf an Wolkengebirgen und haarsträubend tief hinab auf Wälder und Seen. Der eigene Bauch flog mit und setzte erst Stunden später wieder zur Landung an. Daheim unter den Flugzeugmodellen meines Vaters, mit denen nicht gespielt werden durfte, weil sie allzu leicht zerbrechlich waren, befand sich eines, das den getesteten Flugzeugen im Film ähnelte, mit balkenstumpfen Kreuzen am Rumpf und auf den Tragflächen. Eingekrümmt hockte mein Testpilot in engen Cockpits oder er hing fläzig in geräumigen Glaskuppeln hoch über der Erde, die Steuerung lässig zwischen den Fingern. Blitze fuhren neben ihm nieder und ließen brandhell sein Gesicht aufleuchten. Bei Sturzflügen riss es ihm die Backen nach hinten bis fast zu den Ohren, wobei ihm die Lippen gegen seinen Willen zu einem schrecklichen Lachen geschürzt und die Zähne entblößt wurden. Dann sah er aus wie bei uns im Dorf der Metzger Kuhn, dem während des Krieges bei einem Bombeneinschlag vor seiner Haustür der Schreck das Gesicht für alle Zeiten zu einer Schmerzgrimasse verzogen hatte. Sämtliche Flugstrecken meines Testpiloten zusammengenommen, hatte er elfmal die Erde umrundet. Die *Kippe* war die ungeheuerste von allen seinen Flugübungen. Dabei stand sein Flugzeug für einen Moment still und senkrecht in der Luft, so als wundere es sich über sich selbst und wie es in diese Lage gekommen sei, bevor es gleich einem durch eine Gewehrkugel getroffenen Vogel hintenüberfiel und mit erschreckt aufheulendem Motor wieder eine sichere Flugbahn suchte. Egal, ob dieser Kunstpilot stürzte, trudelte oder abschmierte, ob er in Luftlöcher sackte, unter Brücken hindurchjagte oder ob er dahinraste, indem er sein Flugzeug um die eigene Längsachse wirbeln ließ, ich versuchte, seine Bewegungen nachzuvollziehen, begab mich in Schieflage, zog die Beine bis an die Brust herauf und hopste von meinem Fernsehstuhl in die Höhe. Lautlos formte mein Mund mit geringer Verspätung die Worte des Helden nach, und meine Arme verlangte es so sehr zu flattern, dass ich sie unter meinen Hintern legen und mich darauf setzen musste.

Manchmal beruhigte es mich zwischendurch, wenn ich die letzten kühl gebliebenen Stellen an meinem Kopf, die Ohrläppchen, beiderseits mit den Fingern ergriff und sacht knetete oder sie zu meiner Entspannung und höchsten Erfrischung mehrmals kurz in die heiße Ohrmuschel drückte.

Seinen Gefühlen nachgeben konnte man in der Fernsehgaststube nämlich nicht in vollem Umfang. Das unter Fernsehzuschauern noch verbreitete Hineinregieren in den Film – Zurufe wie »Pass auf!« für einen hinterrücks Bedrohten oder »Gott sei Dank!« für einen in letzter Sekunde glücklich Geretteten – war nicht gut angesehen, besonders wenn es vom Fernsehgast kam. Ich sehnte mich daher – ein weiterer Grund – nach einem eigenen und einsamen Fernsehlokal, vielleicht draußen am Waldrand in dem leeren Erdbunker, der modrig roch, in dem aber fernsehgünstige Lichtverhältnisse herrschten, und der ein fenstergroßes Spreng- oder Einschussloch hatte, durch das man die Wege, die vom Dorf herführten, so ganz nebenbei im Auge behalten konnte; auch für Rufe oder Klagen über meine Abwesenheit wäre dieser Fernsehbunker schwer erreichbar gewesen.

Der alte Heilmann widerstand den Versuchungen der Fliegerei offenbar durch Stillsitzen, denn aus seiner Ecke vernahm ich nichts. Nur einmal lachte er auf, was mir ein gutes Zeichen schien. Ich war durch dieses Lachen gerechtfertigt. Auch der Alte konnte sich also an meinem Film erfreuen, ich hatte ihm ein Geschenk gemacht. Sorgen bereitete mir der junge Heilmann. Ihn ließ der Film anscheinend kalt und unbeeindruckt, davon abgesehen, dass er sich wie auch schon vor dem Film mal rauchend, mal trinkend, mal rauchend und trinkend auf dem Sofa herumwarf. Einmal schien er mir mit der Hand in Richtung Fernsehgerät sogar abzuwinken, als ob er sagen wollte: Hört mir bloß auf! Ich verstand sowieso nicht, wie er liegend einer Notlandung im berstenden und splitternden Unterholz beiwohnen konnte, ohne davon so aufgerüttelt und durchgeschüttelt zu werden, dass er japsend in die Höhe springen musste. Ich fürchtete, er langweile sich und schalte gleich ab.

Aber vielleicht hasste er das Fernsehen ja auch, und der alte sowie der junge Heilmann besaßen nur darum einen solchen Apparat, weil allein der Vater ihn gewollt hatte, nicht der Sohn. Bei uns daheim war es umgekehrt, was zu gar nichts führte.

Manchmal, wenn ein Fernsehgastgeber keine Regung zeigen wollte und die Gefahr des Abschaltens mit jedem Augenblick wuchs, griff der Fernsehgast zu einem Mittel, das sich noch nicht oft hatte bewähren müssen. Er tat noch begeisterter, als er es ohnehin schon war, klatschte in die Hände und strampelte mit den Füßen, um den Fernsehgastgeber mitzureißen. Doch bevor ich es hier versuchte – das Mitreißen war bei Vater und Sohn Heilmann noch nie nötig geworden, weil der Fernseher sowieso unablässig lief –, erhob sich der junge Heilmann von seinem Sofa, rieb sich mit beiden Händen energisch sein anscheinend schläfrig gewordenes Gesicht wach und ging hinaus. Grußlos. Der Fernseher blieb an. Ich hörte den jungen Heilmann draußen wie im Zorn mit sämtlichen Türen schlagen.

Ob dieser Zorn doch mir galt, der ich, vor allem bei Fortsetzungsgeschichten, immer wieder in das stumme, qualmvermummte Idyll der beiden Männer eindrang? In ihrem Haus gab es nicht nur keine Frauen, sondern auch keine Kinder. Und ich war ein Kind, ein Werktagskind auch an Sonntagen, wo sollte mir das schärfer bewusst werden als hier? Ich sprach und schrie in laufende Filme hinein, hoppelte unruhig auf meinem Stuhl herum oder ritt mit diesem sechsbeinig durchs Zimmer und scheuchte mit meinen nicht zu bezähmenden Händen die Rauchwolken durch die Luft. Es konnte also gut sein, dass ich mich Vater und Sohn Heilmann mit der Zeit verhasst gemacht hatte und sie mich weiterhin nur ertrugen, weil der Jüngere von beiden ein Freund und Feuerwehrkamerad meines Vaters war.

Mein Vater sprach ab und zu vom jungen Heilmann, und dabei erwähnte er auch, dass dieser eine Hasenscharte und einen Wolfsrachen habe. Einmal sagte er es beim Mittagstisch, wir aßen gerade die Suppe, und nachdem mein Vater die beiden Wörter Hasenscharte und Wolfsrachen ausgesprochen hatte, schlug er sich mit dem Löffel zwei-, dreimal gegen die Lippen.

»Von Geburt an«, fügte er hinzu.

Hasenscharten kannte ich nur als Wiesengewächse, das waren raublättrige, fast stachlige Pflanzen von grellem Grün, die gern als Kaninchenfutter gesammelt wurden. Trug der junge Heilmann denn ein in dieser Weise schartiges Gewächs an seinem Mund, oder war er gar mit einem fest eingewachsenen Stück Hasenfell an der Lippe zur Welt gekommen? Ich hatte bei meinen Fernsehbesuchen nie darauf geachtet, und während mein Vater davon erzählte, tat ich uninteressiert, um mich nicht zu verraten. Doch ich konnte den Schartenmund ja gar nicht gesehen haben, weil der junge Heilmann immer, und so auch bis vor ein paar Minuten, mit dem Rücken zu mir gesessen hatte. Oder er war lang gestreckt auf dem Sofa gelegen, und ich hatte von meinem Fernsehgastsitz schräg aus der Höhe auf seinen Scheitel hinabgeblickt und vielleicht noch vor bis auf seine Nasenspitze, nicht aber weiter. So wurde mir dieser Tier- oder Pflanzenmund, eben weil ich ihn noch niemals hatte sehen können oder auch wollen, immer wahrscheinlicher, wenn nicht tatsächlich – und vom selben Moment an mochte ich mir auf keinen Fall mehr vorstellen, was es wohl mit dem Wolfsrachen auf sich hatte.

Von meinem Vater wusste ich auch, dass der junge Heilmann im Krieg einen vorgesetzten Offizier erschossen hatte, nicht mit Absicht, sondern weil er auf Wache vorschriftsmäßig aufgepasst und der Offizier sich herangeschlichen hatte, um den jungen Heilmann zu prüfen.

»Die Kugel fuhr durch ein Zwetschgenbäumchen und *zack* in den Schädel«, sagte mein Vater.

Doch der junge Heilmann konnte für seinen Schuss weder getadelt noch gelobt werden. Im Krieg meldete er sich fortan zu den brenzligsten Einsätzen. Auf dem Bauch kroch er hinaus in feindliches Gelände, um verwundete Kameraden zu retten. Alle Soldaten wussten, dass auf ihn Verlass war, sie wurden mutiger und mutiger, und fast wäre der Krieg noch gewonnen worden. Wurde einmal einer getroffen, schrie er nicht nach dem Sanitäter, sondern nach dem jungen Heilmann, und der robbte los. Ich sah ihn vor mir, die Hände, den Helm – nur ein Gesicht sah ich keines. Nie traf oder streifte eine Kugel den jungen Heilmann, so dass er nach dem Krieg mit dem Retten fortfahren konnte.

»Bei der Feuerwehr nehmen wir ihn immer zu den gefährlichsten Sachen«, erzählte mein Vater weiter. Er seilte dann den jungen Heilmann an, indem er ihm einen nassen Strick um den Leib legte und verknotete. Alles musste so schnell gehen, dass keine Zeit mehr blieb, sich gegenseitig noch einmal der Freundschaft zu versichern. Der junge Heilmann rannte los, mit einem Beil in der Hand, geradewegs ins Feuer. Mein Vater fasste das Seil, das sich im Nu straffte, und lotste ihn so durch die Flammen. Manchmal riss der Strick oder wurde durchgesengt, und alle, Feuerwehrleute und Zuschauer, lauschten, ob im Feuer ein Schrei zu hören sei. Doch der junge Heilmann, angeleint oder nicht, kehrte jedes Mal wieder. Über das Gesicht rollten ihm rußschwarze Tränen. Jubel brach aus, denn nicht selten, so sagte mein Vater, trug er etwas Lebendiges auf dem Arm.

Viertes Kapitel

Meine Eltern behaupteten, das Fernsehen sei gewalttätig. Woher wussten sie das, sie kamen ja noch viel seltener in den Genuss als ich? Doch wenn, dann freilich ebenso als Fernsehgäste, beispielsweise an Samstagabenden, an denen sie von Freunden eingeladen waren, in Ermangelung eines eigenen Badezimmers ein Bad bei ihnen zu nehmen, um anschließend, weil ihr Haar noch nicht trocken war, in die Wohnstube gebeten zu werden, wo der Fernseher lief. Doch meine Mutter blieb dabei, dass durch die Bilder von Schlachten, Kämpfen und Kriegen meine Seele verwundet werde, ein Urteil, das sie, von meinem Vater kopfnickend bestätigt, auch über meine Cowboy- und Ritterhefte sprach, die mir hiermit ebenfalls untersagt und aus dem Haus zu schaffen waren. Als sie unter meinem Bett doch einmal einen Heftchenstapel fand, brachte ich sie nur mit Mühe davon ab, ihn kurzerhand ins Herdfeuer zu schieben, was mich teuer zu stehen gekommen wäre, denn die Heftchen waren von einem Schulfreund unter Bitten und Betteln ausgeliehen. Wie gerne hätte ich, wenn auch nicht in den Flammen, dem Fernsehen die Heftchen geopfert, und so klärte ich meine Eltern über einen wesentlichen Unterschied auf: Die Bilder fliegender Kugeln, Fäuste und Pfeile waren in den Heftchen stehende Bilder, die einen festhielten und fesselten, während die Fernsehbilder, wenn sie je einmal in Gewalt ausarteten, schnell ins Unsichtbare weiterliefen, also gleich wieder vergessen waren, von friedlicheren Bildern abgelöst. Trotzdem blieb es bei dem gegen mich verhängten Fernsehverbot. Ausnahmen wurden höchstens alle paar Monate gemacht, wenn ich eine zukunftsträchtige Schulnote heimgebracht oder wenn ich es eine Weile ohne Fernsehen ausgehalten hatte und zur Belohnung etwas ganz und gar Harmloses und Kurzes sehen wollte – eine Sportsendung, ein Puppentheater, einen von mir vorgeschlagenen Stummfilm –, und wenn meine Eltern glaubten, mir glauben zu können.

Dann durfte ich losziehen und mich bei meiner Suche überall sehen lassen. Ich war nun ein Fernsehpilger mit höherem Segen, und als solcher saß ich am unbeschwertesten in anderer Leute Wohnstube, mit lauterem Lachen als sonst und wohl auch mit spitzeren Begeisterungsrufen. Kurzum, ich fühlte mich freier und hätte mir sogar erlauben können, mich im fremden Haus zum Fenster hinauszubeugen und meine Mutter zu grüßen, falls sie auf der Straße vorbeigekommen wäre. Doch das Fernseherlebnis mit elterlicher Genehmigung war nicht annähernd so selten und kostbar wie das ohne. Man fühlte weniger Dankbarkeit: gegenüber dem Fernsehgastgeber, dass er einen beherbergte; gegenüber den Filmschauspielern, dass sie sich so anstrengten; gegenüber dem Fernsehgerät, dass es nicht ausfiel; gegenüber der Zeit, dass man in ihr leben durfte.

Doch egal ob mit oder ohne Erlaubnis der Eltern: Wenn ich keinen Fernsehgastgeber gefunden hatte und abgewiesen oder einfach überhört und übersehen worden war, galt es zuallererst, den Fernsehwunsch in mir abzukühlen. Oft ging ich in solchen Fällen rückwärts und mit geschlossenen Augen nach Hause. Daheim fühlte ich mit heißen Händen die kalte, kaum berührte Ordnung meines eigenen Zimmers: Nachttischlampe, Bücherrücken, Lesezeichen. Meine Eltern schenkten mir Buch um Buch. Ich sollte lesen, nicht fernsehen. In der Niederlage versuchte ich es oft, wenn auch nicht meinen Eltern zuliebe. Die Finger blätterten ziellos in den Seiten, der Blick verfehlte die Buchstaben, er wollte Gesichter und Schlangen sehen, die sich aus Wörtern und Wortzwischenräumen formten. Es zog mich in alle vier Himmelsrichtungen davon, bis ich schließlich ruckelnd – zwei Worte vor, eines zurück – in die fünfte Himmelsrichtung aufbrechen konnte.

Natürlich hütete ich mich, meinen Freunden und Schulkameraden zu gestehen, weshalb mir das Fernsehen verboten war. Gewalttat, Seelenverderben und am Ende vielleicht die Hölle: Ich wäre von ihnen verhöhnt und ausgelacht worden – nichts Schlimmeres, als unter Kindern Kind geschimpft zu werden. Manche von ihnen, die als Acht- oder Neunjährige schon aus zwei, drei Jahren Fernseherfahrung schöpfen konnten, brüsteten sich damit, ständig und auch noch zu später Stunde das Erwachsenenprogramm zu sehen, Kriminalfilme und Western, grad wie sie angesagt wurden und oft ganz allein und ohne Eltern oder Aufsichtsperson. Das waren Großtaten, ich wusste es. Meine Fernseherfahrungen – fast alle im Nachmittags- oder Vorabendprogramm gemacht, also meist zur Zeit der taghellen Kinderstunden – hätten daneben wie alberne Zwergereien gewirkt. Wie herrlich, wie erregend musste es sein, nachts allein in einem von blauem Fernsehlicht durchblitzten Schaukäfig zu sitzen, bei zugezogenen Vorhängen, gelöschter Lampe, ohne ein einziges Mal zu blinzeln und ganz nahe davor; obwohl es hieß, dass, wer den Sicherheitsabstand nicht einhalte, erblinden könne. Aber dieses Risiko konnte man doch wenigstens einmal auf sich nehmen! Und zwar am ehesten für einen von mir noch nie gesehenen Film namens »Die Vögel«, der unter meinen Kameraden als der Schrecken der Schrecken galt und den ein paar von ihnen schon mehrfach und solo durchgestanden haben wollten. Sie erzählten mir auch einzelne Szenen daraus, vom Picken und Hacken, und später, wenn ich daheim im Bett lag, stellte ich mir hinter zusammengepressten Lidern alles vor, perfekt ineinander verschachtelt: die Fernsehstube, den Fernsehkasten, das Fernsehbild und die mir völlig unbekannten, vermutlich ebenfalls viereckigen Fernsehstunden hinter Mitternacht.

Wenn ich doch einmal im Dunkeln oder im Halbdunkeln vor einen Fernseher gelangte, dann während des Gangs zum Milchholen im öffentlichen Milchhaus. Dabei war ich meistens schon vom Gebet meiner Großmutter für die körperliche und seelische Nachtruhe vorbetäubt. Denn so wie jeden Abend hatte meine Großmutter uns auch diesmal beim Glockensegen mit einem einfachen Händefalten unter ihre Macht gezwungen; in den Jahreszeiten früher Dunkelheit betete sie:

Tu dein Licht zu unsern Händen,
dass wir treu das Werk vollenden.

Ihr kurz darauf folgendes »Amen« bildete niemals nur den Schlusspunkt des Gebets, sondern des ganzen zurückliegenden Tags. Es schnappte zu wie ein Riegel, der den Tag verschloss. Wer trotzdem noch einmal hinausmusste, tat es mit einer besonderen Genehmigung und beeilte sich am besten, so schnell wie möglich zurückzukehren. Nach dem Beten war man immer ein wenig fröstelig und auch verletzlicher als sonst, so als wäre einem mit sanfter Gewalt die Tagesschutzhaut abgezogen worden. Im Milchhaus wurde ich nicht aufgehalten. Das Gedrängel um die Milch – vor allem mein eigenes Gedrängel – half mir, wieder voll und ganz zu mir zu kommen und stark zu werden. Mein Tag war nämlich noch nicht herum, mein Werk noch nicht vollendet, und das Licht, auf das ich hoffte, strömte aus einer irdischen Quelle. Ich musste noch ein paar Fernsehbilder ergattern, erhaschen, erjagen, wenn nötig von der Straße aus, vor einer von insgesamt zwei Parterrewohnungen im alten und hinteren Dorf, in denen es bereits Fernsehapparate gab, den Bildschirm zum Fenster hin ausgerichtet, so als sollten die Vorüberkommenden gleichfalls etwas davon haben; auch eine Art Mildtätigkeit.

Rechts an den Fensterladen gedrückt, die schwere, lauwarme Milchkanne am Handgriff packend, sah ich aus dem Dunkeln fern, schräg durch das geschlossene Fenster sowie durch das Vorhangmuster hindurch. Der Fernsehgast durfte sich in dieser Position auf keinen Fall vergessen und an die Bilder verlieren. Schauen allein genügte jetzt nicht, man musste sich alle paar Sekunden auch noch *um*schauen, damit man von keinem Passanten bemerkt wurde; die Gefahr, von draußen entdeckt zu werden, war größer als diejenige, meinen unfreiwilligen Fernsehgastgebern im Innern aufzufallen. Andererseits war man bei solchem Fernsehgenuss schnell satt. Da ich den Ton nicht hören und auch nicht lange bleiben konnte, wohnte ich Bruchstücken einer Pantomime bei, die nicht zusammenzusetzen und zu verstehen waren. Aber Sinn und Handlung waren gleichgültig. Allein die Gesichter zählten, das wirre Mienenspiel ohne Worte, der nackte Ausdruck verzerrter Münder, aufgerissener Augen, der mitunter derart heftig werden konnte, dass ich mich zum Stehenbleiben und Verweilen zwingen musste. Gähnen wie mancher Fernseheigentümer, der gemütlich drinnen saß und zum Bild noch den Ton hatte, die alles entschärfenden Stimmen, musste ich beileibe nicht. Ich fand den Reiz der sprachlos schreienden Bilder sogar noch gesteigert, weil ich, um sie einigermaßen ungestört kosten zu können, zugleich ums Eck, durch ein Guckloch und hinter mich schauen musste. Ich hätte das gern meiner Großmutter erklärt oder sie, zum Ruhm des Fernsehens, einmal auf einen solchen Gang eingeladen, und sei es nur, damit sie aufhörte, den Tag, auch meinen, so vorzeitig mit ihrem »Amen« zu beenden.

Doch nur bei diesem Fernsehen ohne Worte und unter Verrenkungen schoss einem plötzlich durch den Kopf, was man in der vorigen Nacht geträumt hatte.

In meiner Familie wurde mit Bildern geknausert. Wir lebten in bitterer Bilderarmut. Unser größtes, auch farbenreichstes Bild hing ausgerechnet in der Bubenkammer genau über dem Kopfende meines Bettes: Jesus mit der in seine Stirn gedrückten, sorgsam geflochtenen Krone aus Dornenranken; darunter rollten kugelige kleine Tropfen von Blut hervor, oder besser: waren hervorgerollt, denn jetzt standen sie still und glänzend auf der bleichen, furchenreichen Haut wie getrocknetes Kerzenwachs. Seine Augen hatte Jesus aufgerissen und nach oben gedreht. Wenn ich mit ihm allein war, und ich war viel mit ihm allein, legte ich mich bisweilen unter dieses Bild, um dem Leidenden von unten herauf so steil wie möglich in die himmelan gerollten Augen zu blicken – das nahezu einzig echte, wahre und eindrückliche, weil beängstigende und somit leidensgerechte Bilderlebnis bei uns daheim; an guten Tagen hielt ich es unter Jesu emporgeschraubtem Blick bis zu drei Minuten aus (gefühlte Zeit, nicht mit der Uhr gestoppte).

Davon freilich erzählte ich meinen Kameraden nichts. Doch wenn ich ihnen, ausnahmsweise einmal, im Schulhof von einem Fernsehfilm berichten konnte, den auch ich gesehen hatte, wurde ich sofort unterbrochen und zurechtgewiesen: Das sei bloß eine Wiederholung gewesen, ein Abklatsch oder Zweitaufguss, dem man als echter und wahrer Fernsehkunde bestenfalls noch über die linke Schulter zuschaue. Wie lange, fragte ich mich, würde ich wohl meine Fernsehgastereien abhalten müssen, bis mir endlich die erste Wiederholung widerfuhr?

Eines Tages erschien ein Fotograf in unserem Dorf, ein Sammler oder Jäger ländlich-sittlicher Charakterköpfe. Er ging im alten Ortsteil von Haus zu Haus und sagte den Bewohnern, sie gehörten einer aussterbenden Welt an, er wolle die sehenswertesten Exemplare unter ihnen für die Ewigkeit festhalten, am besten in ihrer natürlichen Umgebung. Einige ganz Alte lehnten empört ab, weil sie das Fotografieren und Fotografiertwerden für gottlos hielten, was den Fotografen nur noch mehr entzückte. Doch meine Großeltern sagten zu. Als mein Großvater dem Fotografen unter die Augen getreten war, hatte dieser gerufen:

»Welcher Schädel! Was für Borsten!«

Eine Woche später besuchte uns der Fotograf wieder. Erst da fand er den Großvater in der gewünschten zehntägigen Unrasiertheit vor. Nur die Großmutter machte noch Einwände, sie weigerte sich, mit der geöffneten Bibel auf dem Schoß zu posieren. Ringsum wurden Scheinwerfer aufgestellt, und sofort brach bei uns allen ein hitziges Lampenfieber aus. Der Fotograf duldete nicht, dass im Bildhintergrund etwas anderes zu sehen sei als altes, ausgebeultes Geschirr; das kaum jüngere Radio musste weggeschafft werden.

Während so die Bilder vorbereitet wurden, die uns reich machen würden – reich an Bildern, was sonst –, fragte die hübsche Begleiterin des Fotografen, vermutlich um uns durch Zerstreuung ein wenig zu beruhigen, ob bei uns in der Familie denn niemand fotografiere, also Fotos schieße, Bilder mache, knipse. Mein Großvater sah sie eine Weile stumm an und ließ stirnrunzelnd all diese kaum vertrauten Worte auf sich einwirken. Schließlich, als ihm eine Antwort eingefallen war, lachte er jenes Lachen, das leicht in ein bollerndes Husten überging, und tippte sich dabei mit dem Finger gegen die Stirn.

»Nein, Fräulein, bei uns merkt man sich die Bilder, wir haben unser Album – im Kopf. Wenn Sie ganz nah zu mir herankommen, können Sie hören, wie es umgeblättert wird.«

Das war übertrieben, denn es gab ja ein Fotoalbum im großelterlichen Haushalt, das ich allerdings öfter in den Händen der Großmutter sah als in den seinen. Mein Großvater und ich, wir waren eben, jeder auf seine Art und auf seiner Walzstrecke, Handwerksburschen, die gerne flunkerten. Das gefiel der jungen, wohlriechenden Frau, und ich dachte: Gleich legt sie ihr Ohr an seinen Kopf oder auch an meinen.

Vermutlich war ich der Einzige, der später auf das Kopfbilderbuch meines Großvaters zurückkam. Bei ihm im Sessel sitzend, rief ich immer wieder eine Seitenzahl aus, bei der er das Buch aufschlagen musste, um ohne Zögern zu erzählen, wen oder was er da erblickte. Umgekehrt musste ich raten, was es auf der oder jener Seite zu sehen gab. So groß war zeitweise unsere Bildernot.

Herr Lübbecke war in unserem Dorf der Bibliothekar. Doch er hütete nicht nur die Bücher, sondern auch die Bilder in den Büchern. Es hieß, der alte Mann stamme aus einem der unter- und verloren gegangenen Preußenländer im Osten und sei im Krieg von den Russen gerädert worden. Herr Lübbecke bewegte sich mit zwei stockartigen Gehhilfen vorwärts, die aber so kurz waren, dass er sich, gleich ob er stand oder ging, tief auf sie hinabbücken musste. Doch zumeist saß er am Schreibtisch über den Karteikästen unserer Leihbücherei. Seine Stöcke mit den Gummipfropfen am unteren Ende lehnten sichtbar an der Wand, unsichtbar steckten seine Füße unter dem Tisch in orthopädischen Schuhen.

Gerädert, das brachte ich immer mit diesen Füßen, diesen Schuhen in Verbindung.

Die Bücher unserer Bibliothek waren nicht in offenen Regalen, sondern in fast deckenhohen Schränken mit Türen untergebracht, getrennt nach Kinderbüchern und Erwachsenenbüchern. Mit ihren Verzierungen, ihren verwinkelten Fächern und Brettern glichen diese Schränke ausgemusterten Kleider- oder Lebensmittelschränken, und manche schienen tatsächlich noch nach Mottenkugeln oder Backsteinkäse zu riechen. Wenn Herr Lübbecke nach Hause ging, schloss er nicht nur die Bibliothekentür, sondern auch die Schranktüren zu; dass diese Bücher selbst in einem abgesperrten Raum noch weggeschlossen werden mussten, ließ sie noch geheimnisvoller erscheinen, als sie es unter dem Regiment des Bibliothekars ohnedies schon waren. Wie geheimnislos dagegen meine eigenen, daheim in der Bubenkammer jederzeit greifbaren Bücher!

In einem der Schränke mit den Erwachsenenbüchern, bei denen sich hinter Herrn Lübbeckes Rücken auch gern die Jüngeren umtaten, stand »Der gelbe Stern«. Schulkameraden hatten mich schon einige Male zu diesem frisch eingetroffenen Buch schicken wollen. So lange, bis ich tatsächlich hingegangen war und mir zum ersten Mal mit eigenen Augen anschaute, was sie mir aufreizend angedeutet und zugleich grinsend vorenthalten hatten: nackte Frauen. Sie nannten sogar die Seitenzahlen: vierundneunzig und fünfundneunzig, sechsundneunzig und siebenundneunzig. Nicht gesagt hatten sie, dass neben und hinter diesen Frauen, deren Leiber verschwommen waren und die auch noch versuchten, ihre Blößen zu bedecken, Soldaten standen, ihre Gewehre umgehängt. Man sah nicht, ob mit diesen Gewehren geschossen werden würde. Man ahnte nur, dass im nächsten Augenblick, der nicht mehr im Bild war, mit diesen Gewehren geschossen würde. Es war am Entsetzen und an der Verachtung in den Frauengesichtern abzulesen. Das Bild dieses nächsten Augenblicks entstand von ganz allein im Kopf. Im Buch zu sehen waren dann erst wieder die Frauen, die sich am Rand einer offenen Grube aufgestellt hatten, halb nackt, den Rücken zu mir gewandt und ebenso zu den außerhalb des Bildes postierten Gewehrschützen. Andere Frauen lagen bereits in dieser Grube, durcheinander und übereinander. An ihrem Totsein gab es keinen Zweifel. Ebenso wenig an ihrem Getötetwordensein augenblicks zuvor, auch wenn die Soldaten mit den Gewehren über der Schulter noch so unbeteiligt herumstehen mochten. Die Soldaten hatten geschossen, die Soldaten würden wieder schießen.

Das Unheimlichste an diesen Bildern aber war das Lautlose, die vor Bewegungslosigkeit wie in Eis erstarrten Gliedmaßen und Gesichter. Wenn man sich bei ihrer Betrachtung ruhig verhielt und nicht von der Stelle rührte – und das empfahl sich, weil sonst Herr Lübbecke auf einen aufmerksam werden konnte –, keimte rasch die Angst auf, sich gleich selbst nicht mehr bewegen zu können und nie wieder vom Fleck zu kommen.

Nah bei den Bildern, die mich am stärksten anzogen, war das dick gedruckte Wort »Massenexekution« zu lesen: ein Geheimwort, das ich nicht verstand und das alles Gesehene nur noch schlimmer machte. Darunter stauten sich eine Menge dünner gedruckter Worte in einem Rechteck, doch um sie zu lesen, hielten meine von den Bildern gefangenen Augen nicht still genug.

Kein Zweifel: *das da* war wahr, so wahr wie die Frauen auf den Bildern nackt oder halb nackt waren. Das Buch mit den Fotografien hatte seinen Platz in den Erwachsenenschränken und war Kindern somit verboten. Das Verbotene aber musste wirklich, wahr und wirksam sein, sonst wäre es erlaubt gewesen; genau wie das in seinen Folgen unabsehbare Fernsehen, von dem gesagt wurde, es könne Seelen verwunden.

Ich lief davon. Doch ich kam wieder. Meine Schulkameraden verdienten Zorn, weil sie mich in *das da* hineingelockt und mich zur Mitwisserschaft überrumpelt hatten. Nun war es zu spät, das einmal Gesehene nicht wieder zu vergessen und abzustreifen, man konnte sich schütteln, wie man wollte. Also schlich ich noch oft hinter die flügelartig schützenden Schranktüren und klappte den »Gelben Stern« auf, beinahe geräuschlos und auf Anhieb immer wieder an der richtigen Stelle. Wie die Hände, die Finger, die Augen in diesem Buch schon zu Hause waren! Wieder und wieder schaute ich das entblößte Fleisch an, das lose, wirre, gesträubte Haar, die dunklen, nach innen laufenden Dreiecke zwischen den Schenkeln. Von den furcht- und schamgekrümmten Leibern sprang mein Blick hinüber zu den noch auf den Soldatenrücken ruhenden Gewehren und zu den oft wie zufällig weggedrehten Soldatengesichtern. Dann sprang mein Blick wieder zurück, dann wieder hinüber, immer schneller, bis er nur noch hin und her zuckte zwischen dem, was noch nicht geschehen war, und dem, was gleich geschehen sein würde: dieses im Bild auf ewig Bevorstehende, das in Wirklichkeit gewesen war und hier doch nie eintrat, zugleich aber nicht vergehen konnte. Da hörte ich von fern, doch unmissverständlich an mich gerichtet, Herrn Lübbeckes Worte:

»Mach nur so weiter. Du wirst schon sehen.«

Seine Stimme klang, als wisse der Bücher- und Bilderhüter Lübbecke unendlich viel mehr von den dreckigen Geheimnissen dieser Fotos als ich und rate mir nun, sie so lange und bohrend zu betrachten, bis sie diese Geheimnisse auch vor mir ausspien. Doch zugleich schwang in seinen Worten eine Drohung mit, nicht die übliche Bibliothekarsdrohung, die er andauernd ausstieß, um uns von schädlichen Büchern abzuschrecken, sondern eine Drohung ganz anderer Art. Sie schien die besondere Schädlichkeit von Bildern zu betreffen und etwa zu besagen:

Wenn du *das da* noch länger anschaust, wirst du dich ins Unglück bringen! Was wahlweise bedeuten konnte: erblinden, lahm werden, verenden.

Als ich mir das Buch mit den Bildern das nächste Mal vornahm, war plötzlich und ungeahnt Herr Lübbecke über mir. Ich hatte immer vermutet, dass er davon träume, seinen Drohungen eine Wagenladung Ohrfeigen und Kopfnüsse folgen zu lassen, und dass er nur nicht wendig genug sei, sich diesen Traum auch zu erfüllen. Jetzt klemmte er mich mit den beiden Schranktüren, die ihm beim stocklosen Stehen den nötigen Halt gaben, an den Bücherbrettern fest. Ich konnte mich nicht mehr rühren, und es war auch unmöglich, den verbotenen »Stern« zurückzustellen oder ihn einfach weggleiten zu lassen, damit er nicht fortgesetzt gegen mich zeugen konnte; er war mir, meine eigene Hand noch dazwischen, hart und stechend über die Brust gespannt. Doch auf einmal riss Herr Lübbecke die beiden Türen wieder auf und nahm damit ihren Druck so ruckartig von mir, dass ich von den Bücherbrettern wegtaumelte, ins Straucheln geriet und mitsamt dem Buch vor ihm zu

Boden sank. Genau vor seine geräderten Füße hin, die in die knarzenden Behindertenschuhe eingehüllt waren und wie verwachsen mit ihnen zwei schwarz glänzende, nach Schuhcreme riechende Klumpen bildeten.

Einmal durfte ich in unserer Kreisstadt ein Kino besuchen, das »Heinrich Langankes Sonnenlichtspiele« hieß. Die Eltern eines Schulfreundes hatten meine Eltern überredet, mich an einem Sonntagnachmittag im Auto mitfahren zu lassen.

»Das eine Mal wird ihn schon nicht schlechter machen«, sagten sie lachend, und meine Eltern, gar nicht lachend, gaben nach. Als ich Stunden später wiederkam, musterten sie mich stumm und streng, ob ich noch derselbe sei; so schnell konnten wir einander fremd werden.

An meinem ersten Schultag hatten sie mich zu Hause empfangen und gefragt, wie es denn gewesen sei. »Prima!«, rief ich und öffnete kein bisschen verlegen meine rechte Hand, in deren Innenfläche sich noch die rotblaue Strieme abzeichnete, die meine Lehrerin mir mit einem durch die Luft pfeifenden Stöckchen gezogen hatte. Meine Eltern lasen daraus nur: erster Schultag, erste Tatze! Sie wichen zurück.

»Er kommt nach Bruchsal, er wird in Bruchsal enden!«

In Bruchsal stand das Zucht- und Arbeitshaus für die Missetäter unseres Landstrichs.

Der Zukunftsglaube meiner Familie war wetterwendisch. Er wankte beim leichtesten Windzug. Alles wurde ihm zum Zeichen und Vorzeichen, im Schlechten wie im Guten. Als ich an der Schulweihnacht im Krippenspiel der Joseph sein durfte, leitete mein Vater daraus eine weit reichende Forderung ab.

»Er muss Beamter werden.«

»Nein, er wird Rechtsanwalt«, schrie mein Großvater, »und verteidigt die Armen!«

Damit sei doch nichts gewonnen, sagten die anderen.

»Für die Armen schon!«, rief mein Großvater.

Ein Onkel, der bereits Auto fahren konnte, verlangte:

»Politiker! Lasst ihn Politiker werden!«

Dieser Vorschlag gefiel allen. Sie lärmten und lachten durcheinander und hieben mit den Fäusten auf den Tisch.

»Er geht nach Bonn! Er geht nach Bonn!!«

Darauf trat Stille ein, und die anwesende Verwandtschaft häufte ihre Hände auf meinem Kopf zum Gruppenschwur. Sie schwor, dass aus mir etwas Rechtes werden solle oder gar nichts. Hinter ihnen, so kam es mir vor, reihten sich unsere Toten auf und schworen, wünschten, drängten mit.

Gezeigt wurde im Kino unserer Kreisstadt übrigens ein Farbfilm, vor dessen heranrollenden Bilderwalzen ich weit und weiter in meinen stinkenden Polstersitz hinabsank. Der Held des Films war der Grieche Herkules, der auf seinem Pferd halb nackt über eine Straßenkreuzung ritt und plötzlich von einer Stimme aus dem Himmel angesprochen wurde. Das Pferd scheute und der Held brach in Schweiß aus. Er unterhielt sich mit der Stimme, die von oben kam, während das Pferd sich wild und augenrollend im Kreis drehte, als versuche es, den Stimmenbesitzer ausfindig zu machen. Im Wechsel, immerzu, blickte man mal in ein panisches Pferdeauge, mal in ein schweißnasses Heldengesicht. Nur in der Welt des Farbfilms waren solch porentiefe Einblicke möglich, und man verstand, warum der Besitzer der Stimme von oben sich nicht zeigen wollte. Danach, draußen vor »Heinrich Langankes Sonnenlichtspielen«, wenn die Blendung durch das wahre Sonnenlicht wieder abgeklungen war, kam einem die Wirklichkeit völlig ausgewaschen und entfärbt vor; es dauerte eine ganze Weile, bis die Farben sich wieder einstellten. Dergleichen war beim Fernsehen nicht zu befürchten. Im Gegenteil. Nach einem Schwarz-weiß-Film schritt man, stets aufs Neue überrascht und erfrischt, durch ein Reich von Farben, die stärker leuchteten als je zuvor. Und wie hungrig, nicht nur auf Farben, die Augen nun waren! Meine Eltern hatten nicht Recht, wenn sie behaupteten, wer zu viel fernsehe, dem bleiche allmählich die Welt aus, und am Ende sehe er sie nur noch fad und grau.

Auch die Wiederentdeckung des Fern*hörens* bereitete im Anschluss an das Fern*sehen* immer neuen Genuss; vorausgesetzt, dass nicht das Geheul eines im Tiefflug über den Hausdächern dahinschießenden Starfighters einem jäh gegen die Ohren schlug – man hatte bei diesem Lärm das Gefühl, als ob der eigene Körper von oben bis unten mit weit geöffneten Ohrtrichtern übersät wäre, die man aber unmöglich alle gleichzeitig mit den Händen verschließen konnte.

Wenn der Fernsehgast sich also am Ende seines Besuchs verabschiedet hatte und wieder ins Freie hinausgetreten war, durchlebte er dort zunächst noch einige Momente summender Betäubung. Die Fernsehstimmen wollten nicht gleich von seinen Ohren weichen. Erst nach einiger, wenn auch kurzer Zeit kehrte die Fähigkeit des Fernhörens zurück: Vernehmbar wurde nun wieder das Rauschen der Erlen und Pappeln am nahen Bach, das Hundegebell in einem schon nicht mehr so nahen Garten und das Kreischen und Rattern des Sägewerks am anderen Ende des Dorfs – die Welt weitete sich und gewann ihre alte Größe wieder. So erlebte der Fernsehgast jedes Mal ein Augen- und Ohrenfest, das er einzig und allein dem Fernsehen verdankte.

Allerdings, diesem gegenüber bot das Kino doch einen Vorteil, der nicht gering zu achten war: das Recht des Zu-Ende-Schauens. Es konnte einem hier nicht ergehen, wie es mir anlässlich eines Fernsehbesuchs bei einer jungen Familie ergangen war. Sie hieß Flamm, wohnte in einem einzigen, wenn auch geräumigen Zimmer und hatte den Fernseher auf einem viel zu kleinen Hocker stehen, obendrauf, mit einem weißen Plastikfuß, ein Ding, wie ich es von den Dächern kannte und das von meinem Fernsehgastgeber »Stubenantenne« genannt wurde. Ich fürchtete, dieses Ding wäre stromgeladen und dürfte auf keinen Fall angefasst werden, doch Flamm sagte, ich könne, sobald er und seine Frau aus dem Zimmer seien, die Antenne ruhig in die Hand nehmen und sie so lange drehen, kippen und wenden, bis das mitunter unansehnliche Bild wieder ansehnlich sei. Dann schritt er lächelnd an der Hand seiner Frau, die die Haare vom selben Schwarz hatte wie er und rot gefärbte Lippen, beim Küchenschrank geradewegs durch die Wand. So kam es mir wenigstens vor, aber er oder sie hatten nur eine schmale Tapetentür aufgestoßen, die mir unbekannt war; die Familie Flamm besaß also noch einen weiteren Wohnraum, in den sie sich zurückziehen konnte; die Tür blieb einen Spaltbreit offen.

Der Film, für den ich an diesem Tag ausgezogen war, handelte angeblich von einer Mondlandung, so viel hatte ich in der Schule aufgeschnappt, und es war auch nicht falsch: Ein Maikäfer flog in Begleitung eines Mädchens und eines Jungen zum Mond, um sein sechstes Bein wiederzufinden, das er bei einem Unfall oder einem Kampf verloren hatte. Der Maikäfer hieß Herr Sumsemann, konnte die Menschensprache sprechen und spielte im Flug auf einer silbernen Geige. Die beiden Kinder trugen bodenlange weiße Nachthemden. Aber noch bevor die drei zu ihrer Mondlandung ansetzten, fing das Bild zu grießeln an. Laut Flamm musste in einem solchen Fall forsch nach der Antenne gegriffen und der Grieß sozusagen aus dem Bild geschüttelt werden. Doch ich traute mich nicht. Wenn das geweihartige Gestänge auch nicht wie ein elektrischer Weidezaun unter Strom stehen mochte, wie machten sich denn dann die Wellen bemerkbar, von denen Flamm gesprochen hatte und die von der Antenne, wie er sagte, ununterbrochen »aufgefangen« wurden? Ich hätte das Flamm jetzt gerne gefragt oder, noch besser, ihn gleich selbst darum gebeten, das Bild zu entzerren und zu entgrießen, doch er saß hinter der sonderbaren Tür in der Tapete, und wenn ich sehr lauschte, hörte ich ihn oder auch seine Frau ganz leise schwätzen – oder schmatzen.

Ich begriff sofort, was sich in dem Nebenraum abspielte: Die Flamms sahen bei leise gedrehtem Ton fern, sie freuten sich am Fortgang der Mondgeschichte, die mir gleichzeitig vorenthalten wurde. Sie besaßen ohne Zweifel einen anderen, einen zweiten Fernseher, intakt und mit klarem, stabilem Bild, während sie mich vor eine alte Grießelkiste setzten. Das war keine großherzige Fernsehgastfreundschaft! Ich erhob mich und schlich hinüber zu der Tapetentür, um mich zu vergewissern und um Herrn und Frau Flamm vielleicht sogar zu beschämen, indem ich die Tür weit aufriss, schmerzhaftes Licht ins wohlige Fernsehhalbdunkel einließ und ihnen zu verstehen gab, dass ich sehr wohl verstanden hätte. Doch durch den schmalen Schlitz der Tür sah und hörte ich nichts, was auch nur im Geringsten an einen Fernseher erinnerte. Ich hatte den Flamms Unrecht getan, obwohl der Raum, in den ich blickte, fürs Fernsehgucken bestens geeignet schien. Dort herrschten genau die richtigen Lichtverhältnisse, die Vorhänge waren geschlossen, und anscheinend war auch das Fenster zu, denn man hörte von draußen so wenig Lärm, dass die Fernsehstimmen diesen Lärm schon bei Zimmerlautstärke mühelos übertönt hätten. Dieser Raum gefiel den Augen so wohl wie den Ohren. Doch er wurde offenbar anders genutzt. Vor dem Vorhang, hinter dem das Tageslicht andrängte, ragte, vermutlich schräg von unten, wo es vollkommen finster war, ein Bein in die Luft, das ganz leicht zitterte. Zugleich hörte ich auch das Geräusch besser, das mir vorher wie ein Schwätzen oder Schmatzen vorgekommen war, und jetzt schien mir, als werde da unten im Flüsterton – gesungen. Ich überlegte, ob ich um Hilfe beim Hin- und Herdrehen der Antenne bitten sollte, aber ich wollte nicht stören, wobei auch immer, und eilte kurz entschlossen zum Fernseher zurück, wischte meine rechte Hand an der Hose ab, damit sie auch vollständig trocken wäre, und fasste selber nach der Antenne. Zugleich schloss ich die Augen. Es geschah nichts. Doch wie ich die Antenne auch schwenkte, das Bild blieb schlecht. Neigte ich sie nach links, setzte schwarzflockiges Schneetreiben von rechts ein, hielt ich sie nach rechts, begannen heftig graue Graupelschauer von links. Ich gab auf, ich ging, den Fernseher ließ ich laufen, und zwar mit einem gewaltigen Rauschen, das ich am liebsten noch lauter gestellt hätte, wenn ich gewusst hätte, wie. Den Flammschen Verhältnissen aber beschloss ich bis auf weiteres fernzubleiben.

Für Sensationen wie Hasenscharte und Wolfsrachen blieb während des Fernsehens keine Aufmerksamkeit übrig. Zwar hätte dafür auch ein halbes oder ein Viertelauge genügt, doch durfte kein Quäntchen Sehkraft verschleudert werden. Ich musste mich einschauen, starr, stier und ohne Seitenblicke, damit mir allmählich die Augen aufgingen. Jedes Mal spürte ich am Anfang nämlich von neuem, dass beim Fernsehen und nur beim Fernsehen meine Augen ihre maximale Öffnungsfähigkeit erreichten. Und hatte man den Blick erst einmal auf den flimmernden Schirm gerichtet, schaffte man es nicht mehr, ihn abzuwenden. Er haftete daran wie eine Fliege am Fliegenfänger und saugte süßen Honig. Doch obwohl ich, wenn irgend möglich, niemals wegsah, trug ich beim Verlassen der Fernsehgaststube immer auch Bilder und Eindrücke davon, die ich nicht aus dem Fernsehen hatte: ein karger Raum ohne Vorhänge, eine halb verhüllte Nähmaschine, Vögel, die aus einem Baum im Garten durch das geschlossene Fenster ins Zimmer hereinlugten. All das hatte sich durch die Augen eingeschlichen oder hineingestohlen, ohne dass man es wollte – man konnte sich nicht davor schützen. Die Augen waren übrigens stets schneller am Ziel ihrer Wünsche als die Ohren, sie hatten sich längst der Hauptsache zugewandt, während die Ohren, flatterhafte Organe, sich nicht konzentrieren wollten oder konnten und noch eine Weile lang Nebensächliches aufsammelten. Doch mit der Zeit verlor sich auch das, und die Welt zog sich zurück wie beim Einschlafen oder bei einer Narkose, die ich vom Hörensagen kannte. Andererseits schien es dem Fernsehgast oft nützlich, mit einem Ohr immer wieder die Stimmung seiner Fernsehgastgeber zu prüfen, damit er eingriffsbereit sei, falls sie auf dumme Gedanken kämen. Doch es war nicht das reine Fernsehglück, wenn man so viel auf einmal hörte: den Fernsehton, die Unmutsäußerungen oder Abschaltdrohungen der Fernsehgastgeber, Geräusche von draußen, etwa die Rufe meiner mich suchenden Mutter, und immer wieder die Vögel aus dem Garten. Offenbar gab es in jedem Ohr mehr als das eine, eine Art Ohr im Ohr im Ohr.

So gut man sich beim Einschauen auch vorbereitet glaubte, beim Erklingen der Filmmusik wurde man schnell eines Besseren belehrt. Meine Fliegergeschichte in mehreren Fortsetzungen wurde eröffnet mit einem Trompetenton, der sich erst hinaufschraubte und hoch oben auf gleicher Bahn verweilte; mühelos erkannte man in ihm das Filmthema wieder. Und jedes Mal kam es mir bei diesem Ton so vor, als ginge noch einmal ein Vorhang auf, mit dem ich nicht gerechnet hatte, ein unsichtbarer, aber deswegen noch lange nicht durchsichtiger Vorhang. Denn erst wenn die Musik einsetzte, nicht vorher, war zu ahnen, dass doch noch etwas zwischen dem Film und einem selbst stand, ein letzter Unernst, ein nicht vermuteter Rest von Schlaf und Müdigkeit, der jetzt von der Trompete weggeblasen wurde. So staunte man noch, dass es offenbar keine Wachheit gab, in der man nicht noch eine Schalterdrehung weiter aufgeweckt werden konnte, und daher schien es jedes Mal so, als beginne die Handlung gerade rechtzeitig, mehr noch: als hätte sie niemals zu irgendeinem anderen Zeitpunkt beginnen dürfen.

Das Glücksgefühl beim Fernsehen war vor allem eine Art überschwänglicher Geborgenheit. Ein Zuhause-Sein im Hier-und-Jetzt. Eine frisch gestillte Sehnsucht. Die Seele lief barfuß auf sandig weichem Grund. Offenbar hatte sich die Welt zusammen mit dem Fernsehgerät auf angenehme Zimmertemperatur erwärmt. Alles Kalte und Kühle war aus ihr verflogen, ebenso aus dem eigenen Leib. Man wurde keck und kühn; Wörter von dieser Knappheit waren für den nun eingetretenen Zustand die einzig zutreffenden. Alles schien bestehbar, sowohl durch Sieg als auch notfalls im Leiden. Vom Fernsehen konfirmiert, fühlte man sich traumhaft alt, reif und erwachsen. Und empfand die größte Vorfreude auf alles Kommende. Am heimischsten wurde ich in Serien. Das Schöne an ihnen war, dass man den Helden öfter als einmal sehen konnte und über Wochen mit ihm lebte. Dann sah nicht mehr nur ich ihn, sondern er sah auch mich, wenn er im Film nach vorne an den Schirm trat, um durch das Glas in die Fernsehgaststube zu schauen, geradewegs mir ins Auge. Genau in der Mitte zwischen zwei Folgen, auf dem Höhepunkt seiner Abwesenheit, konnte man sich nach ihm sehnen wie vielleicht nach einem Freund oder Bruder. Und manchmal erblickte man im Nächstbesten, der einem auf der Straße begegnete, eben ihn, den Helden, und das Herz hämmerte vor Täuschungsschreck. Umso härter der Abschied nach dem letzten Teil. Trauer kroch dick und geschwollen den Hals hinauf, und wäre ich allein im Zimmer gewesen, ich hätte meinem Helden, über den sich nun ein für alle Mal das Dunkel des Filmendes senkte, unter Tränen nachgewinkt. Man würde sich nicht wiedersehen, und Wiederholungen waren keine Größe, mit der ich ernsthaft rechnete. Es dauerte lange, bis ein anderer den leeren oder frei gewordenen Platz einnahm, so lange, bis auch dieser im Programmwechsel wieder unter- und verloren ging. Fernsehhelden starben nur kleine, vorübergehende Tode, dann kehrten sie in verwandelter Gestalt zurück.

Je größer die Liebe zu einem Helden war, desto mehr wuchs auch die Empfindlichkeit für jeden Verrat, den er beging. So empörte mich an meinem Testpiloten, mit dem ich fast immer, vor allem aber wenn er flog, ein Leib und eine Seele war, manchmal sein Verhalten. Dann stutzte ich – nicht über ihn, sondern über mich, doch ich stutzte folgenlos. In diesem Zustand kam es mir vor, als ob jemand im Dunkel meines Inneren zufällig an einen Knopf oder Schalter gekommen sei, von dem ich selbst nichts wusste. Ein mir unbekanntes Licht flammte auf, und in dessen sonderbarem Schein sah ich meinen Helden verändert: entstellt und hässlich. Das war zum ersten Mal der Fall, als er einen toten Freund verleugnete. Ein Mann trat an seinen Tisch und wollte mit dem Testpiloten auf den Toten anstoßen, doch der Testpilot fuhr ihn an und sagte, er kenne diesen Toten nicht. Daraufhin war ein Schweigen sichtbar geworden. Doch ich kannte den Toten, ich wusste, dass er zwei, drei Folgen lang Seite an Seite mit ihm geflogen war, bis er starb, und am liebsten hätte ich meinem wütend leugnenden Helden entgegengebrüllt:

»Er ist dein Freund!«

Doch ich blieb stumm, und einen Augenaufschlag später

schon endete die Szene ohne Lösung, das verräterische Licht in mir erlosch, und im nächsten Bild lehnte der Testpilot mit flatterndem Fliegerschal wie neugeboren an seiner Maschine, schöner und liebenswerter als je zuvor, bereit, mit mir auf und davon zu fliegen.

Und noch ein anderes Geheimnis lüftete der Film in mir. Es war in der Folge, als der Testpilot abdankte, weil er heiraten wollte. Diesem Entschluss waren im Film endlose Liebeshandlungen vorausgegangen, die unerträglich zäh verstrichen – wie in Traumzeitlupe, eine andere kannte ich noch nicht. Als Betrachter bog und wand man sich während solcher Szenen wie unter Nadelstichen; denn bei Liebeshandlungen blieben die Bilder, fast wie im Fotoalbum oder in den Heftchen, allzu lange dieselben, stehenderweise, obwohl nichts Wesentliches geschah, außer dass die Musik aufbrauste oder säuselig wurde und die Leute stumm und feucht ihre Blicke ineinander bohrten. Allein wegen dieser Liebe hatte der Testpilot seinen Beruf aufgegeben und sich dem Bodenpersonal angeschlossen. Jetzt stand er im schlotternden Monteursanzug auf dem Rollfeld und schaute wortlos hinauf zu den Testflugzeugen am Himmel, die ohne ihn freudlos und träge ihre Kreise zu ziehen schienen.

Plötzlich stieg in mir ein Gefühl auf, grell und erschreckend wie eine Silvester-Leuchtkugel, die unerwartet in eine ruhige Nacht geschossen wird. In ihrem gelbgrün flackernden Schein erblickte ich keinen anderen als mich selbst: hässlich und entstellt. Denn unfasslicherweise wünschte ich meinem am Boden gezähmten Helden den Tod, eine der lustlos durch die Luft schlingernden Maschinen sollte ihm auf den Kopf fallen. Jawohl, ich wollte das Ende für ihn.

Sein Tod pulste und pochte in mir, mal als Wunsch, mal als Schuldgefühl wegen dieses Wunsches. Beruhigen konnte ich mich erst wieder, als mir bewusst wurde, dass im Fernsehen nach dieser noch zwei weitere Folgen anstanden; sie konnte mein Held, der Luftabenteurer, unmöglich auf ebener Erde verbringen, dann wäre der Film nämlich kein Fliegerfilm mehr gewesen. Gewiss, ich würde Recht behalten, und schon waren meine Verwünschungen gegenstandslos, doch in meinem Mund blieb noch eine Weile ein trocken-bitterer Geschmack zurück.

Kein Buch und auch nicht das Leben nötigten einem je so viel Dankbarkeit ab wie das Fernsehen. Wie dessen Bilder sich für einen abstrampelten! Man meinte, sie schnaufen zu hören. Und wie sie liefen und rannten, hopsten und hüpften! Manchmal so sehr, dass sie Knitterfalten und Laufmaschen bekamen wie die Sonntagsstrümpfe meiner Mutter. Das Fernsehen bemühte sich um einen, ja um jeden, nein um alle – wie ein Missionar oder eine Krankenpflegerin. Niemanden gab es jemals auf, sondern sprach mit Brummen, Dröhnen, Rauschen, Knistern allen allezeit vergnügt Mut und Lebenskraft zu. Der Aufwand, den es für die Menschen trieb, wurde mir vollends bewusst, als bei uns im Dorf die Schwestern Meermann ihren ersten Fernsehapparat erhielten. Ein Händler aus der Kreisstadt lieferte ihn an. Als er ihn, in ein Stück Zeltplane gehüllt, aus dem Auto hob, stellte ich mich wie einige andere schaulustig dazu – vermutlich war ich sogar der Schaulustigste von allen, was aber durch leicht verengte Augen zu verheimlichen war – und überlegte, ob ich die beiden Schwestern sogleich in meine Fernsehgastgeberrangliste aufnehmen sollte. Eine schwierige Entscheidung: Sie hatten das Gerät wahrscheinlich für ihren Bruder Fritz angeschafft, der als unheilbar krank galt und den ganzen Tag im ersten Stock seines Hauses hinter einem geschlossenen Fenster saß, um die Passanten auf der Straße mit irren Grimassen und Handzeichen zu grüßen und von ihnen meist nicht minder verrückt zurückgegrüßt zu werden. Doch wieso bekam er einen Fernseher?

Mein Vater hätte wohl gemeint: »Dass er eine Unterhaltung hat.«

Und meine Mutter hätte vermutlich mit ihrer ganzen Treffsicherheit gesagt:

»Was kann *dem* noch schaden!«

Ich für meinen Teil schloss nicht aus, dass sich die Schwestern für ihren Bruder vom Fernsehen eine gewisse Heilwirkung versprachen, vielleicht ähnlich wie durch eine Rheuma-Bestrahlungslampe, deren Birnen vom selben Blau waren wie das Feuerwehrblaulicht. Vielleicht war auch das zarte und schmeichelnde Blaulicht des Fernsehens in Wirklichkeit gar nicht schädlich, sondern außerordentlich heilsam und gesund.

Doch der Händler, den Apparat ächzend und in enger Umarmung an sich drückend, stolperte auf der ersten Stufe der steinernen Treppe, musste das Gerät loslassen, um nicht selbst zu fallen – und es zerschellte vor unser aller Augen und Ohren. Staunend beugten wir uns über das nun offen zu Tage liegende Innere: Da war kein Figurenkabinett aus Männchen und Weibchen, die bei Sendebeginn geschniegelt nach vorn traten und drauflos spielten. So behaupteten nämlich manche, wenn auch nur in überdeutlichem Scherz; denn genau wie ich wussten sie, dass nur Bilder den Apparat erreichten, und zwar durch Funkenflug in der Atmosphäre, mitunter auch Äther genannt. Wenn es in einem Fernseher überhaupt ein Hinter-den-Kulissen gab, dann nur in dieser Gestalt: als namenloses und undurchschaubares Gedrahtel, Gekabel und Geröhre, an dem jedoch auch der Dümmste auf den ersten Blick erkennen konnte, welch einzigartig komplizierte, verschlungene Errungenschaft – und vor allem, welch ein Segen! – das Fernsehen sei. Dass in dieser Kiste so viel Böses und manches Seelenübel wohnen sollte, wie meine Eltern glaubten – unvorstellbar. Selbst der Händler aus der Kreisstadt unterbrach sein Klagen und Fluchen und schaute mit uns voller Staunen in den Bauch jener Welt, die sich unentwegt um uns verdient machte; dann sagte er in die Stille hinein:

»Einer, der das wieder zusammensetzt, ist noch nicht geboren, he!«

Als Fritz Meermann wenige Tage darauf sein Fernsehgerät ganz und unversehrt doch noch erhielt, verschwand er vom Fenster. Für immer. So lange er dort gesessen, mit fahler weißer Hand gewinkt und lautlos aus einem großen schwarzen Mund gelacht hatte, war er allen, auch mir, ein vertrauter Anblick gewesen. Zu seinen Füßen, drunten auf der Dorfstraße, hatte sich unser Leben abgespielt, und niemand war am Haus der Schwestern vorübergegangen, ohne das Fritzle zu grüßen. Jetzt, da er sich in die Fernsehhöhle zurückgezogen hatte und man ihn nicht mehr sehen konnte, wurde er fremdartig und fürchtenswert. Ich schaute, die Hand aus Gewohnheit schon halb zum Gruß erhoben, oft hinauf zu dem leeren, unbesetzten Fenster, und in der Erinnerung wollte das Gesicht des abwesenden Fritz mir zur Fratze werden. Ich behielt mir vor, ihn und seinen Fernsehapparat einmal zu besuchen. Zugleich behielt ich mir vor, es doch lieber nicht zu tun; in meiner Fernsehgastgeberrangliste setzte ich ihn an den unteren Rand und in Klammern: außer Konkurrenz, wie sonst nur noch ein Selbstmörderhaus in der so genannten Siedlung, die auch »Vorstadt« genannt wurde, obwohl wir nur ein Dorf waren.

Fünftes Kapitel

Mit der Zeit gewöhnte ich mich in der Bubenkammer ein. Ich schlief und träumte immer besser und brauchte nur noch selten fremden Nachtbeistand. Allmählich gelang es mir, auch noch in der schwärzesten Nacht das Licht wieder zu denken, besonders in der linken Seitenlage, mit dem Gesicht zur Wand, wenn ich dem Dunkel entschlossen den Rücken zukehrte und mich auch noch ein wenig einrollte. Dann lag ich beinahe so rund und ruhig wie die Boskop-Äpfel in ihrer Kiste, die einen ledrig-süßen Duft verströmten. In dieser Lage konnte es sogar geschehen, dass ich mir ein Lächeln erlaubte. Doch zu bewähren hatte sich die neu gefundene Haltung erst, als ich das zweite oder schon das dritte Jahr in der Bubenkammer nächtigte – das heißt, sie hätte sich zweifellos bewähren müssen, wenn nicht mein Großvater gewesen wäre.

Es geschah in der Nacht, als das halbe Dorf auf den Beinen war, Bauer Brock, unseren Nachbarn und einen meiner Fernsehgastgeber, zu suchen. Eine Nacht im Vorfrühling mit Regen und Schnee. Bauer Brock hatte am späten Nachmittag seinen Bullen aus dem Stall geholt, um ihn auszuführen. So hielten es alle Bauern, und die Tiere, die, angekettet im Stall, sonst nur lagen oder standen, mochten es, ausgeführt zu werden. Kaum draußen, peitschte Licht und

Luft sie auf und sie rannten, ihre Herren nach sich ziehend, davon. Mancher von den Herren, der den Bullen mit dem Strick kurz hielt und sich mit den Füßen am Boden gegen seinen Lauf stemmte, wurde fort- und mitgerissen, als habe er Rollschuhe an. Andere wurden im Kampf mit dem Bullen hochgeschleudert und von diesem geschultert, wieder andere einfach umgeworfen oder gegen das Scheunentor gedrückt. Meist endete der erste Akt der Ausführung damit, dass der Bauer mit seinem Prügel wütend auf Kopf, Gesicht und Hörner des Tiers einhieb. Die breite Stirn des Bullen mit ihren zarten weißen Locken, die man sich gern einmal um den Finger gewickelt hätte, krachte knöchern unter den Schlägen, und seine Wimpern flackerten bei jedem Treffer wie rasend, so dass die eigenen Wimpern mitflackern wollten und man sie festhalten musste. Bauer Brock, dem ich bisweilen nicht nur die Fässer putzte, sondern der mir auch in Aussicht stellte, sein Viehknecht zu werden, belehrte mich, wie leichtsinnig es sei, einen Bullen aus dem lichtarmen Stall ans helle Tageslicht zu zerren. Er gehe mit dem seinigen lieber bei sinkender Sonne aus, weil so ein Stalltier da williger, gedämpfter sei. Nicht selten band er seinen Bullen vor Beginn des Spaziergangs draußen noch an einem Mauerring fest, zur Gewöhnung ans Freie, wie er sagte, aber mehr wohl, um ihn vorzuzeigen. Vergnügt wies Bauer Brock auf das weit hinabschwengelnde Glied seines Bullen, und wenn dieser Wasser ließ, rief er »Zurücktreten!«, weil es dabei ungemein spritzen konnte. Er zog seinen Kittel aus, schnallte den Gürtel enger und krempelte die Hemdsärmel um. Mit einem Ruck drückte er sich die Mütze in die Stirn, die er kurz zuvor vom Horn des Bullen genommen hatte, wo sie in solchen Fällen wie an einem Kleiderhaken hing, und stieß einen jagdhornartigen Laut aus. Danach war es so weit: Er knüpfte den braun und weiß gefleckten Bullen los und schritt mit ihm, der nur am Halfter, nie am Nasenring geführt wurde, davon, in der Hand nicht einmal einen Stock, sondern bestenfalls einen Stecken.

Doch diesmal blieben Bauer Brock und sein Bulle, der »Prinz« hieß, aber freilich auf keinerlei Namen hörte – hatte es denn noch nie jemand flüsternd versucht? –, länger aus, als die Sonne zum Sinken brauchte. Es dämmerte und wurde Nacht, doch die beiden waren immer noch nicht da. Bauer Brocks Frau eilte von Tür zu Tür und bettelte um Auskunft, ob nicht jemand auf den Feldwegen rings um das Dorf ihren Mann gesehen hätte. Sie erhielt keine günstige Antwort, und bald suchte mein Vater, der Feuerwehrkommandant, zusammen mit ihr den Bürgermeister auf, um den Einsatz der Sirene auf dem Rathausdach zu erbitten. Doch der Bürgermeister ließ nicht allein die Sirene heulen, sondern auch die Weckerlinie schellen. Aus etwa jedem zweiten Haus im alten und hinteren Dorf kam darauf ein Mann gelaufen, einen schwarzen Helm in der Hand und ein schwarzes Lederkoppel um den Bauch. Die Weckerlinie bestand aus dreißig bis vierzig kuckucksuhrgroßen Alarmmeldern, die nur in den Privathäusern der örtlichen Feuerwehrmänner hingen, von dort aus aber mit ihrem Schellen kreuz und quer das ganze Dorf durchschnitten. Bei uns war diese Hausglocke nahe der Schlafzimmertür meiner Eltern angebracht. Ihr Ton war so, dass man gewiss kein Ohr benötigt hätte, um ihn wahrzunehmen, er wäre auch an jeder anderen Stelle, womöglich durch das Schädeldach, in den

Kopf eingedrungen. Bei Menschen konnte er außer Zittern und Schweißausbrüchen auch Zahnweh hinterlassen, und die Vögel stoben aus Büschen und Bäumen davon, als hätten diese durch Blitzschlag Feuer gefangen. Manche Alte weinten bei diesem Weckruf und hielten einander wie zum Abschied umschlungen, die kleinen Kinder verloren sich schreiend in den Straßen und suchten Trost beim Erstbesten.

Nur ein paar wenigen Erwachsenen unterliefen bei dem jäh einsetzenden Schrillen aus allen Himmelsrichtungen keine Fehler. Meine Mutter stürzte los, um dem Vater Koppel, Helm und Uniformjacke herbeizubringen, die immer säuberlich auf zwei Haken an der Innenseite der Speisekammertür hängen mussten. Zu dritt, er selbst mitgerechnet, kleideten wir ihn an, während über unseren Köpfen und noch mindestens fünf unendliche Minuten lang die Katastrophenklingel läutete. War der Vater einsatzfertig, stieß er uns beiseite und lief los. Einmal, als er einen dicken blauen Zeh hatte und nicht richtig gehen konnte, weil ihm in der Werkstatt ein unhandlicher Balken auf den Fuß gefallen war, musste ich ihm unser Fahrrad – das je nach Sattelstellung ein Erwachsenen- oder ein Kinderrad war – unter die Küchentreppe stellen, so dass er sich, von der Mutter gestützt, fast getragen, über das Geländer hinweg auf dessen Sitz hinüberschwingen konnte. Da er aber auch zum Pedaltreten nicht fähig war, schoben wir ihn die ganze Strecke bis zum Feuerwehrhaus, wo seine Kameraden ihn vom Fahrrad direkt ins Löschauto hoben.

Beim Einsatz für Bauer Brock jedoch war mein Vater als Erster da und wartete mit Ungeduld auf seine Leute.

Schließlich und zu seiner Freude fanden sich auch etliche Freiwillige ein, ausgestattet mit Taschenlampen, alten Öllaternen und selbst Fackeln. Alle zusammen dürften es ihrer vierzig oder fünfzig gewesen sein, die bald schon ausschwärmen sollten, Bauer Brock zu finden, mit oder ohne den Bullen, vor dem mein Vater warnte, ohne die Gefahr, die von ihm ausgehen konnte, beim Namen zu nennen. Das genügte, um die Männer einzuschwören, die Kinder aber wurden nach Hause geschickt.

Als ich im Bett lag, waren die Trupps, die mein Vater zusammengestellt hatte, immer noch unterwegs. Ich sah sie vor mir, wie sie mit zittrigen Lichtern Wege absuchten, Gräben ausleuchteten, hinter Heuschober zündeten, stets darauf bedacht, den Bullen nicht mit ihrem Lichtstrahl zu reizen und gegen sich aufzubringen. Jede halbe Stunde trat mein Großvater zu mir ins Zimmer, setzte sich an mein Bett, ergriff meine Hand und schüttelte nur den Kopf. Wenn er mich wieder verließ, sagte er sanft, fast tonlos: »Schlaf!« und löschte das Blütenkelchlicht, das ich jedoch gleich wieder anknipste, sobald die Tür zu war. Bei seinem vierten oder fünften Besuch blieb er auf der Schwelle stehen und lächelte.

»Er ist wieder da. Es ist alles gut. Schlaf!«

Und jetzt konnte ich selber die Lampe ausmachen und der Nacht den Rest überlassen.

Am anderen Tag aber merkte ich schnell, dass im Dorf niemand so gut ausgeschlafen war wie ich. Bauer Brock lebte nicht mehr, schon früh am Abend hatte einer der Suchtrupps ihn entdeckt, zu Tode getrampelt von seinem Bullen. Sonst schlief das Dorf oft ruhig, und nur ich fand nicht in den Schlaf; diesmal war es umgekehrt, ruhig und erquickt trat ich unter die Erschreckten. Mein übernächtigter Vater erzählte hemmungslos und haargenau – wie immer in seinem Geständniston, mit dem er uns die Luft nahm und uns auf die Sitze bannte, als sollten wir uns nie wieder von dort erheben –, mein Vater erzählte, dass das Tier seinem eigenen Herrn offenbar gleich das Grab habe bereiten wollen, so tief hatte es ihn ins Erdreich gestampft, mit seinem Kopf, seinem Leib, seinen Hufen.

Meine Großmutter unterbrach ihn. Nur Gott allein, sagte sie, könne gesehen haben, wie Bauer Brock gestorben sei. Nur er besitze das Auge, dergleichen auszuhalten, ohne auch nur zu zwinkern. Ein Mensch könne, ja dürfe sich so etwas nicht einmal vorstellen. Doch meine Großmutter, die noch nie ferngesehen hatte, täuschte sich. Ich, ihr Enkel, konnte es mir vorstellen, zumindest glaubte ich daran. Doch durfte ich die Kraftquelle, die es mir erlaubte, bei den Worten meines Vaters Bauer Brocks Sterben auf der im Dämmerlicht liegenden, nassen und rutschigen Schneewiese vor mir zu sehen, nicht nennen. Wer hatte denn wie ich schon einer Szene beiwohnen dürfen, bei der ein Pferd samt Reiter in scheppernder Ritterrüstung an einem Windmühlenflügel hängen blieb und von ihm in die Höhe gerissen wurde? Ich hätte jetzt die stärksten der in meinem Kopf gesammelten Fernsehbilder eins nach dem anderen ausspielen und auf den Tisch hauen können wie die höchsten Trümpfe beim Binokel, und wir hätten daraus gemeinsam und naturgetreu Bauer Brocks Ende zusammengesetzt. Aber ich musste schweigen, weil das Fernsehen mir verboten und mein Wissen illegal war. Meine mühselig angeeignete Fähigkeit, die Bilderwelt meiner Familie zu erweitern, schien ganz und gar verschwendet.

Weit weg von der Kuhle mit dem Toten – auch Bauer Brocks Mütze war verschwunden – fand man am Morgen den Bullen selbst. Mit feuchtem, dampfendem Fell, über und über verdreckt sowie mit schweren hängenden Lidern stand er beim Fluss im Schilf. Der Farrenwärter sei allein und mit ausgestreckter Hand auf ihn zugegangen, sagte mein Vater, so wie unsereiner höchstens auf eine fremde Katze zugehe.

Dann habe er einfach den Strick genommen, der vom Maulband des Bullen herunterhing, und den Willenlosen, von der Freiheit nur einer Nacht müde und verwirrt, abgeführt, geradewegs zum Metzger.

Nach Unglückstagen wie dem, der Bauer Brock den Tod gebracht hatte, stockte das Leben im Dorf. Eine sonderbare Stimmung griff um sich. Maschinen standen still, Kalenderblätter wurden nicht abgerissen, Briefe nicht geöffnet, und die sonst so sicher, ja blindlings gehandhabten Dinge lehnten herum wie Fremdkörper, mit denen niemand umzugehen wusste. Überall waren lebensmüde Gesten zu beobachten und ebensolche Stimmen zu hören. Kaum jemand ertrug das Alleinsein. Sonntags war die Kirche so voll, dass die überzähligen Männer auf den Frauenbänken sitzen mussten. Mit der Trauer und dem Leerlauf machte sich im Dorf eine träge, faule Muße breit. Hier saß man Schulter an Schulter zusammen auf den Treppenstufen vor dem Haus, dort wurden durch ein offenes Fenster zu ebener Erde ausgiebig Hände geschüttelt. Kurzzeitig schien man füreinander erwacht.

Es war jedoch nicht allein das Totenglöckchen für Bauer Brock, das uns daran mahnte, wie sehr unser Leben unbeständig, künstlich und im Übermut sträflich zurechtgelegt sei. Was noch viel tiefer und schneidender nachklang, das waren Sirene und Weckerlinie. An Tagen wie diesen – daher die große Stille! – gehorchten alle im Dorf dem Zwang, die Ohren zu spitzen und gewissermaßen überhörig zu werden wie sonst nur mein Vater, der den Hörsinn seiner Lieben mit der Zeit derart geschärft hatte, dass wir selbst an friedlichen Sonntagnachmittagen Kriegs- und Schlachtenlärm aus zwanzig, fünfzig, neunzig Jahren Entfernung vernahmen. Längst hörten wir nicht mehr nur im Raum, sondern auch in der Zeit. Und gerade die Wände zu vorangegangenen Zeiten, zu benachbarten Epochen waren für uns so dünn wie Papier oder Pappe.

»Horch, so horch doch!«, rief mein Vater flehend und befehlend zugleich, indem er in die Knie ging, als wolle er sich gleich auf den Boden werfen. Er besaß mittlerweile sogar die Fähigkeit, geradewegs durch Fleisch und Bein in die Leute hineinzulauschen. Wenn wir sonntags manchmal durch den Wald zur nahen Gaststätte »Jaghaus« spazierten, um zu Mittag zu essen, und dort den stoppelig-struppigen Kromer-Kurt trafen, der am Stammtisch saß, vor sich hin starrte und mit beiden Händen seinen im Krieg zerschossenen Kopf umklammert hielt, dann sagte mein Vater:

»Jetzt …, jetzt hört er wieder die Stalinorgel!«

Darauf verfiel mein Vater selbst in ein minutenlanges Schweigen, blickte zwinkernd hinauf zu den Hirschgeweihen an der Wand oder sonstwohin, jedenfalls wie beleidigt weg von uns, so als erreiche diese Orgelmusik nun auch ihn.

Schließlich schüttelte er heftig den Kopf und bestellte für den Kromer-Kurt ein großes Bier und einen doppelten Schnaps. Ich aber wurde von meiner Mutter hart angestoßen, weil ich den in furchtbarer Andacht kauernden Mann schon viel zu lange angestarrt hatte.

»Friss doch die Leute nicht mit den Augen auf!«, sagte sie wie öfter in solchen Fällen, und sie ließ erst ab von mir, als ich mit meinen Blicken vom Kromer-Kurt abgelassen hatte.

Unter dem Klang unserer Weckerlinie und unserer Sirene schien niemand im Dorf, am allerwenigsten meine Familie, darauf zu bauen, dass wir in dieser Welt noch länger zu leben hätten als ein paar kümmerliche Tage. Noch inniger als sonst betete meine Großmutter bei Sonnenuntergang ihr Abendgebet:

Dieser Tag hat abgenommen,
bald wird auch der Tod herkommen.

Und als Bauer Brock beerdigt wurde – in einem Sarg, den mein Vater gezimmert hatte –, rief ein Mann noch weit vor dem Greisenalter dem Toten für alle vernehmlich ins Grab nach:

»Johann, wir kommen bald!«

Auch mancher Stolz brach oder wurde gebrochen. Gleich nach Bauer Brocks Tod lief meine Mutter hinüber zu den Nachbarn, mit denen wir schon jahrelang im Streit lebten. Sie stürmte in das feindliche Haus und bot ohne viel Gedruckse die Versöhnung an.

»Man sieht ja, wie schnell unsereins wegsterben kann.«

Wegsterben, das war die einzige uns angemessene Todesart: in vollem Lauf und mit den Schuhen an den Füßen. Kein Schnitter konnte so schnell mähen.

Mein Vater befahl in solch mürben und zermürbenden Zeiten mich und meine Mutter zu sich, um uns zu eröffnen, in welchen Schrankfächern und Schubladen er die wichtigen Papiere, vor allem seine Lebensversicherung und sein Testament, aufbewahrte. Selbst ein Versteck mit Bargeld, hinter dem Abwasserrohr, gab er uns preis. Und mir hämmerte er ein, und er ließ es mich mehrmals nachsprechen, wie unsere Grundstücksgrenze im Einzelnen verlief. Ich sollte das wissen, falls es nach seinem Ableben mit unseren Nachbarn zum Grenzstreit käme; der noch jungen Versöhnung traute er nicht.

Acht bis zehn Tage dauerte gewöhnlich die Lähmung unseres Dorflebens, dann verfiel alles wieder erlöst ins alte Schaffen, Brüllen, Trotten. Mit grober Hand wurden die anstehenden Kalenderblätter abgerupft und herumliegende Briefe hastig mit Küchenmessern aufgeschlitzt, auch musste schleunigst ein neues Bargeldversteck aufgetan werden, und angebahnte oder bereits vollzogene Versöhnungen wurden mit sofortiger Wirkung außer Kraft gesetzt. In der Kirche waren die Frauen auf den Frauenbänken wieder unter sich, mit Ausnahme der beiden in der Kirchenwärme regelmäßig einnickenden Waldbauernknechte Ernst und Friedlieb, denen es gleich war, wo sie schliefen, und die im Schlaf schwankten wie Bäume im Wind und beim Schwanken gegeneinander stießen. Doch während die Kirche sich wieder leerte, wurden in den Wirtshäusern die Stühle knapp.

Bauer Brocks Tod durfte auf Dauer anscheinend nichts Gutes bewirken. In der Traueranzeige hatte das Übliche gestanden: tragisch mitten herausgerissen. Meine Großmutter sagte jedoch, Bauer Brock habe vom Allmächtigen den verdienten Lohn erhalten für seine Lumpereien, insbesondere die Lumperei an einer gewissen armen Magd, die er geschwängert habe, ohne die Vaterschaft zuzugeben, außerdem aber für einen Meineid, seine Saufereien und das Kartenspielen um Geld, auch noch am heiligen Sonntag.

Erst jetzt wurde mir bewusst, dass ich einen Fernsehgastgeber weniger hatte und Bauer Brock aus meiner im Kopf geführten Fernsehgastgeberrangliste streichen musste. Er war dort im Mittelfeld platziert gewesen, weil er einerseits zwar willig und gutmütig auf meine Fernsehwünsche einging und mich hin und wieder sogar allein vor dem Bildschirm sitzen lassen konnte, weil er andererseits aber schamlos seinen Preis dafür verlangte, indem er mich Fässer putzen ließ, und zwar das glitschig-glasige Innere, wo die Essigmutter wohnte und wo dicker schwerer Mostdunst hing und einem auch noch einen sausigen Kopf machte, eine Art Trockenrausch. Als Fernsehgastgeber war Bauer Brock also nicht unersetzbar.

In Zeiten des verlorenen und wiedergewonnenen Selbstbewusstseins der Dorfbewohner begaben mein Großvater und ich uns am liebsten auf Wanderschaft. Hand in Hand walzten wir zum Dorf hinaus, ohne einen Blick zurück, und spätestens beim Ortsschild tat ich ein, zwei Zwischensprünge, um in Gleichschritt mit ihm zu fallen.

Sechstes Kapitel

Auf der Brücke, nicht weit entfernt von den Häusern, hielten wir das erste Mal an. Von ihrem Scheitelpunkt aus blickten wir zurück und schwenkten dem Dorf zum Gruß unsere Hüte: mein Großvater das steife Stroh seiner aus der Zeit vor den zwei Weltkriegen stammenden, mit einem schwarzen Seidenband umwickelten Kreissäge, mit der er bereits die Großmutter gefreit hatte; ich ein weiches, schmiegsames, tirolerhuthaftes Hütchen, in dessen Band ein paar Vogelfedern steckten, die Funde vergangener Touren, darunter eine Häherfeder mit ihrem leuchtenden Sommerhimmelblau. Die Brücke, die aus alten, rissigen, grob gefügten Steinen bestand und Moos angesetzt hatte, war hoch und buckelig und bot uns bis zur Rückkehr den letzten Ausblick auf das Dorf. Wer uns jedoch genau zusah, merkte schnell: Wir winkten unserem Dorf nicht zu, nein, wir winkten ihm ab. Wenn wir die Brücke überquerten, nie auch ohne hinunterzuschauen auf das Wasser, aus dem glitzernd die Steine ragten und über dem Wasseramseln und Bachstelzen dahinflitzten, begann unsere Reise wirklich. Erst die Brücke gab einem jedes Mal das Gefühl, dass man ernsthaft unterwegs war, mehr als alle Wege auf festem Grund. Das Brückengefühl bestand aus einem Kribbeln im Bauch, einem Taumeln im Kopf und einem Stampfen in den Adern. Zugleich stieg eine Ahnung von Ferne, Fremde, Wagnis auf. Bis hierher war es ein Spaziergang gewesen, jetzt fing die Wanderschaft an. Die Brücke hatte uns sicher hinübergetragen und schien doch nur ein Bogen aus Steinen, die sich ohne Stütze und Pfeiler, verwunderlich genug, in der Luft hielten. Kaum drüben, fühlte ich jedes Mal den Wunsch, mich umzudrehen und ihr Dank zu sagen.

Mein Großvater hielt seinen Spazierstock in der rechten Hand und ließ ihn, mitsamt dem Schatten des Stocks, kräftig vor- und zurückschwingen. Am Ende eines jeden Schwungs setzte er den Stock mit der blank gewetzten Eisenspitze hart auf der Straße auf, so dass in regelmäßigen Abständen ein forscher und entschiedener Ton aufklang und dabei mitunter sogar ein Funke flog. Das Brückengefühl, der Stockklang, die Funken und die mit uns dahinwirbelnden Schatten trieben uns an. Wir redeten nicht, sondern genossen stumm unser Ausschreiten, immer bemüht, in keine der zähen schwarzen Blasen zu treten, die der von der Sommersonne erhitzte Teer aufwarf. Manchmal lächelten wir einander zu, ich hinauf zu meinem Großvater, er hinunter zu mir. Von Zeit zu Zeit musste ich ein paar Hopser tun, um unseren Gleichschritt zu halten, und bisweilen trabte oder tippelte ich sogar neben meinem Großvater her, aber nicht, weil meine Beine für seine Schritte zu kurz waren, sondern weil ich meinen ganzen Reichtum an Gangarten gerade an seiner Seite auskosten wollte. Links führte mein Großvater mich an der Hand. Die seine war weich, sie hatte sich, seit er Rentner war, allmählich wieder von der schrunden- und hornhautbildenden Arbeit erholt und in eine feine Taugenichtshand verwandelt. So fein sollten von Anfang bis Ende auch meine Hände bleiben, weshalb meine Mutter sie mir oft mit einer zaubernusshaltigen Creme einsalbte. Ich sollte Musizierhände behalten und niemals die Schwielenhände von Schuster und Schreiner, Küfer und Seiler, Wagner und Hufschmied, Flaschner und Kesselflicker bekommen, oder was meine Vorfahren sonst noch gewesen sein mochten. Noch viel weniger die mit rötlichen Narben übersäten, von mir gleichfalls geliebten, aber auch bedauerten Hände meines Vaters, die sich in der Kälte erst blau, dann lila färbten und steif und krankhaft prall wurden. Die Hände meines Großvaters hingegen waren in einem Berufsleben ohne Maschinen unverletzt geblieben.

Genau wie mein Vater, so war auch mein Großvater zeitlebens Schreiner, Tischler und Glaser in einer Person gewesen. Und mir hatte er Folgendes erzählt: In seiner Werkstatt, neben der Kleinfabrik des Vaters eine winzige Bude, wurde seltener gearbeitet als gestritten. Das halbe Dorf kam zu Besuch. Seine Werkstatt hatte den Ruf, ein Gasthaus zu sein, nur ohne Getränke. Denn wenn hier schon nichts gearbeitet wurde, so sollte wenigstens auch nichts getrunken werden. Doch umsichtige Besucher durften, selbst in den Spänen sitzend, rauchen. Mit den Fingern wurde die Weltlage in den Staub auf dem Boden gemalt. Unter der Hobelbank, in den langen geringelten Spänen, schliefen die Katzen. Verstaubt an der Wand hing der Meisterbrief, abgefasst in Schnörkelschrift. Gleich daneben, ohne Rähmchen, ein Bild von Bebel-August, dem Arbeiterkaiser, dessen Gesicht mitsamt dem Bart der Holzstaub geweißt hatte. Die Werkstattdecke wurde von einem weiß lackierten Pfeiler gestützt, der einer in der Sonne dürr gewordenen Kirchensäule glich. Von der Decke herab hingen die Sägen mit entspannten Blättern. Es roch nach Leim, der in einem überkrusteten Eimer auf dem Herd flüssig gehalten wurde. Einmal, und das hallte lange nach, wurde von den Kant- und Grimmköpfen, mit denen sich mein Großvater gern umgab, einen ganzen Mittag lang darüber verhandelt, ob Gott die Macht besäße, einen Stein oder einen Balken zu erschaffen, so groß und schwer, dass nicht einmal er selbst ihn aufheben könnte. Man einigte sich darauf, dass Gott diesen Stein oder Balken sehr wohl erschaffen könne, dass er ihn aber noch nicht erschaffen habe, weil ihm dafür die geeignete Werkstatt fehle.

Nie umschloss bei unseren Wanderungen die Führhand des Großvaters meine Hand lieblos oder gleichgültig, als wäre ich lästig und müsste eben mitgeschleppt werden, weil die Familie es so verlangte. Seine Hand war aber auch nicht die eines Aufpassers, der grob zupackt, weil er sich überfordert fühlt und Angst hat, den Enkel zu verlieren und so die Zukunft seiner Sippe aufs Spiel zu setzen. Nein, wir gingen Hand in Hand, weil wir nicht bloß zu zweit unterwegs sein wollten, sondern als Paar, gar nicht unähnlich Freunden oder Verliebten. Unsere Hände konnten gewissermaßen auch miteinander sprechen. Wenn der Großvater meine Hand dreimal hintereinander kurz drückte, dann verstand ich:

Es ist jetzt-jetzt-jetzt, dass wir beisammen sind.

Und wenn mich die Wange oder die Nase juckte und ich mir, ohne ihn loszulassen, ins Gesicht fuhr, um die juckende Stelle mit seiner Handfläche zu reiben, obwohl ich meine zweite Hand frei hatte, dann musste er das Gleiche denken. Vor allem im Sommer wurden unsere ineinander liegenden Hände mit der Zeit heiß und heißer, und zog ich darum die eigene Hand einmal zurück, war sie schweißfeucht und klebrig und roch nach der großväterlichen Haut, fremd und vertraut zugleich, und ein wenig wie warme Milch.

Wir hatten kein Ziel und erst recht keine Uhr. Unternehmen wie eine Wanderung dauerten, selbst wenn sie kaum mehr als ein paar Stunden beanspruchten, *ewig und drei Tage* – so wurde die Zeit von meinem Großvater gerechnet, der nur sonntags, wenn Stunden und Minuten am wenigsten wert waren, eine Uhr trug, eine an goldener Kette, die in seinem Hosensack ruhte und fast nie zu Tage kam; wahrscheinlich war sie längst stehen geblieben. Nie hätte er sich eine Armbanduhr umgebunden. Das Eisen, das Leder, aus dem sie bestand, verursachten ihm Reib- und Hitzeausschläge auf der Haut, so behauptete er, und zwar jede Stunde eine Pustel.

Wir gingen meist auf Landstraßen dahin, die so wenig befahren waren, dass wir uns nicht einmal am Rand halten mussten. Wir wichen nur aus, wenn der Linienbus, ein Fuhrwerk oder eines der seltenen Autos an uns vorbeiwollten. Mein Großvater hob zum Gruß für jeden, der, motorisiert oder nicht, vorüberkam, seinen Spazierstock steil in die Luft und ließ ihn dort eine Weile stehen, gleich einer Schranke oder einem Schlagbaum oder auch einem Gewehr, das präsentiert wurde. Das missdeutete der Busfahrer einmal als jähe Aufforderung, für zwei arme, müde Fußwanderer anzuhalten, und so stiegen wir auf freier Strecke und außerhalb jedes Fahrplans bei ihm ein, freilich widerwillig und nur aus Höflichkeit. Der Busfahrer lachte, vielleicht über unseren Aufzug. Schnell und geschickt zog er mit nur einem Finger die schwere Tür, die wir offen gelassen hatten, hinter

einen größeren Halt ein. Alles, was es zu sehen gab, beschauten wir im Vorübergehen, nichts wollten wir zu genau wissen. Kaum erblickten wir etwas, fiel uns schon das Nächste ins Auge. Das eine war die Vorfreude aufs andere, und so ging es fort. Mit meinem Großvater verweilte ich nirgends, anders als mit meinem Vater, der mir bei sonntäglichen Lehrspaziergängen die Natur erklärte. Mein Großvater und ich steckten die Nasen nicht in Blumenblüten oder Vogelnester, gaben den Bäumen keine Namen, stöberten nicht nach Geweihen im Dickicht oder untersuchten Fußstapfen im Bachschlamm. Weder schlichen wir uns an, noch lauerten wir auf, wir begaben uns nicht auf die Pirsch und blieben auch nicht stehen wie der Jäger, bevor er anlegt, sondern wir tauchten auf und wir verschwanden wieder, wurden größer und wieder kleiner, beides verlässlich. Doch da wir nie wussten, für wen wir gerade auftauchten und für wen wir gerade verschwanden, dämpften wir, wenigstens beim Querfeldeingehen, stets unsere Stimmen und bezähmten unseren Blick, unsere Bewegungen. Nie fuhren wir herum oder spähten zurück unter dem strengen Handschild über den Augen, so als hätten wir im selben Augenblick begriffen, dass unser Glück hinter uns liege und wir schleunigst kehrtmachen müssten, um es zu finden. Das wurde belohnt, indem Schmetterlinge oder Marienkäfer zeitweise auf unseren Hüten und Schultern mit uns reisten oder eine Heuschrecke von einem Halm an eines unserer Hosenbeine sprang, um dort zu rasten, während wir weitergingen.

Nur selten waren mein Großvater und ich uns darin uneins, unseren Gang fortzusetzen, so etwa, als wir einmal auf eine Gruppe Bauern trafen, die sich bei der Heuernte zu

Mittag in den Schatten eines Baums gelegt hatten, um ein wenig zu schlafen oder zu dösen. Abseits im Gras lagen ihre Arbeitsgeräte durcheinander, Gabeln und Rechen vor allem. Und in Reichweite der Ruhenden war auf einem Tuch ihre Mahlzeit ausgebreitet, ein angeschnittener Laib Brot, Würste, Obst und Speck, drumherum halb leere Flaschen mit Most. Gegen unsere Gewohnheit waren mein Großvater und ich näher getreten, das heißt: Ich hatte ihn dorthin gezogen, weil die Schläfer, etliche Erwachsene, ein paar Alte und einige Kinder, mitsamt ihrem Vesper von dicken schwarzen Fliegenschwärmen umsurrt wurden. Doch sie schienen es nicht zu bemerken, es störte sie nicht einmal, wenn das Getier über ihre nackten Arme, Beine oder gar Gesichter kroch. Mir aber missfiel es, und ich wollte unverzüglich zwischen die ruhenden Leiber, das Brot und die Würste treten und mit einem der Kopftücher, die über den untersten Ast geworfen waren, die summende und in allen Farben schillernde Pein verscheuchen, indem ich sie vorsichtig, ohne jemanden zu wecken, von den Gesichtern fächelte. Mein Großvater jedoch hielt mich mit beiden Händen zurück, und er ließ mich erst wieder los, als ich mehrmals versprochen hatte, nicht gegen die Fliegen vorzugehen. Unser kleiner Ringkampf aus Worten und Handgriffen musste freilich leis ausgetragen werden, damit niemand daran erwachte. Schließlich einigten wir uns und gingen sacht auftretend davon.

Nach derlei Zwischenfällen, die uns den Schweiß hervortrieben, legten wir doch eine Rast ein. Ich lief voraus und wählte einen schattigen Platz für uns. Während ich, schon die Beine ausstreckend, an einen Baum oder einen Rain gelehnt saß, stieß mein Großvater mit Schwung seinen Stock in den Wiesenboden, rüttelte an ihm, ob er auch fest stäke, und setzte sich auf den Handbogen, an dem man den Stock beim Gehen hielt. Das war ungewöhnlich – er saß sozusagen im Stehen –, doch der Großvater machte es immer so, weil er sich mit seinem einst gebrochenen, kranken Schenkelhals nicht mehr hätte erheben können. Dort unten im Gras zu sitzen und in den Stand hochzuschnellen, wenn das Zeichen zum Aufbruch kam, war mein Vorrecht. Sein Vorrecht war es, stocksteif und alterskrumm auf einem wackligen Einbein zu thronen, auf die Gefahr hin, nicht wieder hochzukommen, falls er umfiele. Gemächlich und ohne sich in diese Gefahr zu bringen, zog mein Großvater sein Taschentuch aus dem Hosensack. Es war blau-weiß kariert nach Handwerkerart und schien endlos zu sein, so lange musste er daran ziehen und zerren. Als es schließlich ganz zum Vorschein gekommen war, knüllte er es wieder zusammen und wischte oder tupfte sich damit den Schweiß vom Gesicht. Dann warf er das Tuch mir zu, und ich breitete es in seiner ganzen fahnenhaften Größe über meinen Kopf aus, um ihn rundherum zu trocknen. Darunter roch es nach Minze, Geldbeutelleder und altem Schweiß.

Mein Großvater und ich hatten auf unseren Wanderungen nie etwas zu essen oder zu trinken dabei. Proviant hätte uns nur der beiden besten Gründe beraubt, in Wiesengrund oder Waldeslust einzukehren. Besonders liebevoll pflegten wir unseren Durst. Mit jedem Schritt, so sagte mein Großvater, vor allem wenn es heiß sei, legten wir uns einen Durst an, Trockenschicht um Trockenschicht. Einen großen, gleichsam gerechten, aber nie maßlosen oder quälenden Durst anzuhäufen sei etwas Herrliches. Er unterschied unseren einheimischen Wald- und Wiesendurst vor allem vom Wüstendurst, unter den er auch den gefürchteten Kriegsdurst rechnete, der in den Köpfen böse Bilder verursache. Niemals dürfe man aber einen unter Mühen erworbenen Durst an das falsche Getränk verschwenden.

»Wasser zum Beispiel«, warnte mein Großvater.

Vielmehr müsse man in diesem löblichen Zustand trinken, was einem am besten schmecke, ich also meine Orangen- oder Zitronenlimonade, er vorab ein Bier und dann seinen Wein.

»Wenn einer etwas trinkt, ist er gleich ein anderer Mensch«, sagte er, um mit gehobener Stimme fortzufahren: »Und warum soll ein anderer Mensch nicht auch etwas trinken?«

Den richtigen Durst erkenne man daran, dass er den ersten und auch noch den zweiten Schluck im Hals restlos verdunsten und verdampfen lasse, bevor der dritte endlich unten ankomme und unser Durststeingebirge ihn und alle weiteren begierig aufschluckte. Und noch lange bevor es endlich so weit war, dass wir anstoßen konnten, so stürmisch, dass Gläser oder Flaschen beinahe zersprangen, riefen wir uns immer wieder unseren Trinkspruch zu:

»Horch, wie's Gürgelein kracht!«

Die einzige Erfrischung, die wir uns unterwegs gönnten, war eine Prise Schnupftabak. Vorsichtig und im Windschutz seiner Jacke öffnete mein Großvater das silberne Blechdöschen mit der Klosterfrau darauf, dessen Inhalt kein batzender, mistbrauner Schmalzler war, sondern ein mehlweißes, leicht verwehbares Pulver. Am besten, man befeuchtete einen Finger mit Speichel, tauchte ihn in die Dose und schob sich die überpuderte, nach Menthol riechende Fingerspitze ins Nasenloch, immer im Wechsel und so oft und so lange, bis man die Augen nicht mehr offen, den Mund nicht mehr geschlossen halten konnte und sich im Innern des Kopfes, der unwillkürlich, wenn auch langsam nach hinten fiel, der Sturm ankündigte. Meine Nase war leichter erregbar als die des Großvaters, und so hatte ich schon drei-, viermal hell und klatschend in die Welt hinausgeniest, bevor er mit seinen dunklen, schweren, schleppenden Niesschreien einfiel. Im Duett war es am schönsten, und wir hätten endlos so weitergemacht, wenn die Wirkung des weißen Pulvers nicht rasch nachgelassen hätte. Unter dem Eindruck des kleinen Glücksgefühls, das vom Niesen zurückblieb, lachten wir uns an und bliesen unsere Nasen frei, das Taschentuch, das meine Mutter mir auf die Wanderschaft mitgegeben hatte, wurde nicht gebraucht. Jetzt fehlte nur noch das übliche Schlussbild. Es entstand, wenn man den vom Niesen trüben und nassen Blick in die Ferne richtete, damit Himmelblau, Strohgelb und Tannengrün zitternd ineinander verflossen und sich die Welt in einem schwimmenden, schwankenden Zerr- und Zuckbild auflöste. Mein Großvater nannte dieses Bild »Sommerlandschaft in Rotz und Wasser«.

Als wir weitergingen, hob mein Großvater noch einmal mit gebotener Vorsicht unseren Stock in die Höhe, diesmal aber, um ihn eingehender zu betrachten. Ihm sei nämlich aufgefallen, sagte er, dass sich an dem Stock plötzlich ein paar neue Stadtwappen befänden, die ihm vorher noch nie aufgefallen seien, Wappen von Städten, die er niemals bereist habe – Murten, Salzburg, Dinkelsbühl – und von denen er deshalb auch kein mit winzigen Stiftchen an Spazierstöcke zu heftendes Abzeichen besitzen könne. Kurzum, dieser Stock sei unser Stock nicht, vermutlich hätten wir ihn bei unserer letzten Wanderung in einem Gasthaus versehentlich mitgenommen und den unsrigen dort hängen lassen. Unser Stock sei erd- und heimatverbunden, dieser aber, man sehe es an den Wappen aus der Ferne, ja Fremde, ein viel gereister – kein Wunder, wenn ihm unser Gesichtskreis zu eng sei und er Busse stoppe, um aus unserem kleinen Revier auszubrechen. Es sei wohl das Beste, den Stock, bevor er uns mit sich auf und davon reiße, im nächsten Gasthaus einfach zu vergessen.

Dunkle Wolken zogen auf. Fern und noch gemütlich rumpelte ein Donner – oder war es ein Düsenjäger, der über den Wolken die Schallmauer durchbrach? Jetzt zuckte ein Blitz, wenn auch matt. Wir beschleunigten unsere Schritte. Dick und schwer fielen sogleich die ersten Regentropfen und brachten Unruhe in die Natur. Vögel flatterten aus Bäumen und Büschen auf, Käfer raschelten aufgescheucht im Laub und zwischen den Grashalmen, alles flog und zog nestwärts. Das Einzige, was an uns einem Nest glich, waren unsere Hüte; mein Großvater und ich hatten schon immer mal einen Hut umgekehrt ins Gezweig setzen wollen, um zu sehen, ob ein Vogel darin seine Jungen ausbrüte. Jetzt hielten wir unsere Hüte fest, damit sie uns nicht davongeweht wurden. Meine Hutkrempe knatterte im Wind, als wir dem nächsten Weiler zuliefen. Wir suchten einen Unterstand, ich aus Furcht vor dem Gewitter, mein Großvater aus Furcht vor der Nässe. Bei jedem Blitz schloss ich sofort die

Augen. Vor allem die riesigen, weit verästelten Blitzbäume, die am Himmel aufflammten und nicht mehr vergehen wollten, vermied ich anzuschauen; wie etwas Verbotenes oder Furchtbares, eine Nacktheit, eine Wunde. Also musste ich immer wieder kurze Wegstrecken blind zurücklegen, allein geleitet vom Keuchen meines Großvaters sowie dem regelmäßigen blechernen Klopfgeräusch, das entstand, wenn durch den Eilschritt das Taschenmesser und die Schnupftabaksdose in seinem Hosensack aneinander stießen. Erkältete sich mein Großvater auch nur leicht, so müsste er gleich wieder für ein paar Tage im Bett liegen – doch was hieß liegen, er saß ja im Bett, mit oder ohne Erkältung, einen Kissenwulst im Kreuz, der ihn aufrecht hielt, und rechts auf der Bettdecke, allezeit greifbar, den Spazierstock, mit dem er nach mir klopfen konnte. Klopfte er nicht, besuchte ich ihn alle paar Stunden von mir aus, um ihm Brust und Rücken mit einer Salbe einzureiben, die genauso roch wie sein Schnupftabak, nur stärker. Immerzu fürchtete mein Großvater Atemnot und Ersticken. Er schlief im Sitzen und umhüllte sich andauernd mit einem Dunst aus Eukalyptus, Menthol oder Kampfer, um genügend Luft zu bekommen. Selbst seine Zigarren rauchte er ausschließlich um der Atemfreiheit willen. So blies er nach lang anhaltendem Ziehen eine Unmenge Rauch aus, lief der Schwade hinterher und steckte den Kopf hinein – »um den Sumpf auszutrocknen«, wie er sagte, den Sumpf in sich. Aus der Schwade hörte ich seine vor allem mit der Nase gemachten Atemübungen.

Doch diesmal entgingen mein Großvater und ich der Nässe. Es fing erst richtig zu regnen an, als wir in dem Ort schon einen trockenen Platz gefunden hatten, unter dem Vordach eines Holzschobers. Doch der Platz war gefährdet, weil durch das undichte Dach Wasser auf uns herniederrann und uns zwang, hüpfend und tänzelnd kleinen Güssen auszuweichen. Was uns mehr Sorge machte, besonders mir, war das uns verfolgende Gewitter. Mein Großvater schlug vor, es durch Zählen zu vertreiben. Sobald es geblitzt hatte, hoben wir feierlich, laut und mit doppelter Stimme an:

Einundzwanzig –
zweiundzwanzig –
dreiundzwanzig –
vierundzwanzig …

Gezählt wurde, bis es donnerte. Anfangs brachten wir nicht eine einzige Zahl zwischen Blitz und Donner, mit der Zeit aber wurden es immer mehr Zahlen, und schließlich kamen wir bis auf achtundzwanzig, bevor der Donner uns ein letztes Mal ins Wort fiel. Jede Zahl, sagte mein Großvater, bedeute eine Sekunde, und jede Sekunde zwei Kilometer, folglich war das Gewitter, als wir bis achtundzwanzig zählten, sechzehn Kilometer entfernt, und man sah es auch deutlich ausgezählt und schmutzig grau hinter dem Wald versinken; wir riefen ihm noch etwas Unverschämtes hinterher. Während so das Gewitter unterging, stieg unsere Laune wieder. Wir mussten nur noch warten, dass der Regen endete, und bis es so weit war, dichteten wir der Katze, die in einem nahen Haus hinter dem geschlossenen Fenster saß und zu uns herübersah, ein Regenlied:

Bin so traurig,
weil es saut.
Kein Vogel fliegt
und keine Maus
traut
sich aus ihrem
Loch heraus.
Auch Frosch
und Fisch
bleiben zu Haus.
Nur Hunde
müssen
unbedingt hinaus.

Wir sagten unser Gedicht, dem zum Lied einzig die Melodie fehlte, noch oft auf, auch als die Sonne bereits wieder schien und die Straße, auf der wir weitergingen, dampfend unter unseren Füßen trocknete. Wie bei einem zweiten Wanderbeginn machten mein Großvater und ich Riesenschritte, grad als hätten wir nun ein Ziel, und kaum richtig in Fahrt, erreichten wir im übernächsten Weiler das Gasthaus mit der Pergola, in deren Weinlaub viele Vögel nisteten; von einigen wusste ich genau, wo. Sie lugten, bevor sie losflogen, mit Augen, schwarz und glänzend wie Holunderbeeren, aus den Blättern hervor. Mit Schrecken bemerkten sie es, wenn umgekehrt Augen auf sie gerichtet wurden. Wie groß musste ihre Angst sein, bei so viel Augen in der Welt, ganze Wälder, die voll hingen mit starrenden Augen – am besten, man schaute gleich wieder weg. Das Gasthaus mit der Pergola gehörte der Bruckerin, die uns mit einem Handschlag begrüßte und uns Hüte und Stock abnahm. Bei ihr, die selber alt war, schienen ausschließlich alte Männer zu verkehren. Manchmal fand die Wirtin kaum Zeit, uns zu bedienen, weil sie bei den Männern am Tisch saß und mit ihnen Karten spielte. Ein Spiel, bei dem jeder Spieler weitaus mehr Karten auf der Hand hielt, als ich mit zehn Fingern je hätte zusammenhalten können. Die alten Männer schnullten beglückt an ihren Pfeifen oder Stumpen, doch die Bruckerin ging zum Angriff über; sie rief:

»Alle Gewehre aufs Rathaus!«

Mein Großvater und ich tranken derweil jeder sein Lieblingsgetränk, ganz dem Erlebnis hingegeben, das wir so oft vorgekostet hatten. Wie erwartet, verzischten der erste, der zweite und diesmal auch noch der dritte Schluck auf unseren inneren Durstbergen wie der Tropfen auf dem heißen Wüstenstein. Und nachdem wir fürs Erste genug getrunken hatten, rief mein Großvater der Wirtin zu:

»Bruckerin, richtet doch meinem Buben ein Honigbrot!«

Er selbst aß auswärts nie, er hatte keine Zähne, das heißt zu wenig, um damit beißen zu können, genauer gesagt nur einen oder zwei. Wenn er etwas zu sich nahm, kostete es viel Zeit, bis er damit fertig war. Alles musste, mit Gabel oder Messer vorverkleinert, zwischen den zahnlosen Kauleisten zerquetscht und zermahlen werden, ganz allmählich, ganz geduldig. Daheim verrichtete er seine Kauarbeit sehr gefasst. Er saß am Kopfende des großelterlichen Küchentischs, das Messer aufrecht in der rechten Faust, und wir umlagerten ihn. Wir, das waren meine Großmutter und ich, bisweilen meine Eltern oder zum Essen eingeladene Verwandte, vor allem aber die Katzen, die meinen Großvater vom Fenstersims, von der Sessellehne, von der Küchenbank aus beobachteten, und besonders seinen mümmelnden Mund. Wir anderen schauten nicht hin, wir hörten ja auch, was da vor sich ging, außerdem kannte ich für meinen Teil den weiteren Verlauf genau: Bevor mein Großvater zum Schlucken ansetzte, holte er Luft durch die Nase, zog den Kopf zwischen die Schultern ein und schloss ungenießerisch die Augen. Brachte er den Bissen, der keiner war, nicht hinunter, griff er zum Glas, um mit einer Spülung nachzuhelfen. Scheiterte auch das, fischte er ihn fingernd – wenn er und ich unter uns waren, nicht mal hinter vorgehaltener Hand – wieder heraus und warf ihn als mundwarme, ausgelutschte Masse für die Katzen auf den Fußboden. Wenn mein Großvater seinen Esskampf beendete, waren die anderen am Tisch längst satt. Alle, die Katzen eingeschlossen, aßen mehr, als sie kauten; bei meinem Großvater war es umgekehrt. Hätte er Tag für Tag nur halb so viel gegessen, wie er kaute, er hätte es, zeitlebens ein hagerer Mann, zu einer beachtlichen Leibesfülle bringen können.

Ein künstliches Gebiss kam für ihn nicht in Frage, anders als für meine Großmutter, die fürchtete, ohne Zähne nicht mehr singen zu können. Er wollte keinen Fremdkörper aus Draht und Porzellan, und dann auch noch einen so sperrigen, in seinem Mund dulden. Doch besonders fürchtete er, daran zu ersticken. Außerdem glaubte mein Großvater, dass man mit einem von den Zähnen befreiten Mund sanfter und menschenfreundlicher lächeln könne als mit so einem viehischen Geblecke.

Wie sehr die Bruckerin und ihre Gäste auch mit sich oder mit den Karten beschäftigt sein mochten, immer fanden sie Zeit, das Erscheinen von Großvater und Enkel unter der Pergola zu feiern. Wir schienen für sie eine Art Zwillingswunder zu sein, und wenn wir Hand in Hand vor ihnen auftauchten, staunten sie abwechselnd hinauf zu meinem Großvater und hinunter zu mir. Ich wurde schlicht gelobt dafür, dass es mich gab; das konnten nur die Alten. Einer von ihnen sprach das Wort Enkel so seltsam aus, dass ich Engel verstand. Ich fühlte großen Glanz ausgehen von mir, nicht ahnend, dass mein Großvater es war, der diesen Glanz hervorbrachte, er war die Sonne, ich war nur der kleine, staubige Mond, der das fremde Licht abstrahlte. Unter aller Augen versuchte ich, so anmutig wie möglich mein beinahe halbmeterlanges Honigbrot zu essen, das mit beiden Händen gerade zu halten war, wenn der Honig nicht davontropfen sollte. Vorsichtig, aber fest und mit Wonne biss ich lauter gezackte Halbmonde hinein, vor meiner Nase die blinkende Honigbrotfläche, in der sich Weinlaub, Wolken und Himmel spiegelten.

Unser Abgang aus dem Gasthaus war stets mühsam. Mit dem Rücken voraus gingen wir davon, andauernd zum Gruß unsere Hüte lüftend. Fast waren wir schon außer Sichtweite und vermutlich so klein wie Streichholzmännchen – das meine weiträumig umhüllt, ja umschlottert von einer Lederhose –, als der Bruckerin auffiel, dass uns der Spazierstock fehlte. Ich musste kehrtmachen und ihn aus der Truhe holen, in der er bei unserer Ankunft abgelegt worden war und wo er immer noch lag – alleine und mit nichts zu vertauschen; wie ein Steckenpferd nahm ich ihn zwischen die Beine und ritt auf ihm in leichtem Galopp zu meinem Großvater zurück. So fand unser Stock wieder zu uns, und wir seufzten. Denn schon nach wenigen Metern sollte eintreten, was zu befürchten war: Er schlug aus und führte uns nach links in einen Hof mit einem Nuss- oder Kastanienbaum. Wie selbstverständlich gingen wir unter dem Baum hindurch, wie selbstverständlich betraten wir das fremde Haus. Ich fragte meinen Großvater, was wir hier wollten, doch er fasste mich nur fester bei der Hand und gab mir lächelnd ein Schweigezeichen. In dem ärmlichen, aber sauberen Bauernhaus roch es nach Brot und eingekellerten Äpfeln. Unser Stock lenkte uns eine schmale Holztreppe hinauf, wobei mein Großvater ihn hielt wie einen Blindenstock oder eine Wünschelrute, die man, beide gleichermaßen, suchend und tastend ins Unbekannte vorausstreckt. Durch eine Tür, die klemmte und mit einem Ruck aufgedrückt werden musste, traten wir in eine winzige Küche, wo auf einem Stuhl eine Frau saß und zu meinem Großvater aufblickte, der ohne zu säumen nah zu ihr hintrat und ihr die Hand auf die Schulter legte. Die Frau schien auf uns gewartet zu haben, wenn auch nicht so lange, dass ihr Warten in Unmut umgeschlagen wäre, es war anscheinend immer Vorfreude geblieben, denn die Frau drängte mit der Wange liebevoll, fast ein wenig stürmisch nach der Hand meines Großvaters auf ihrer Schulter. Ich kannte die Frau nicht, doch schien es mir, als würde sich schon im nächsten Augenblick zeigen, wer sie sei, als sprängen aus ihren unbekannten Zügen gleich bekannte hervor, etwa die meiner Großmutter; ich hoffte es sehr. Freilich, die Frau war auch darum schwer zu erkennen, weil sie ihr graues, silbernes, hier und da schwarz durchsträhntes Haar nicht im Dutt, sondern offen trug. Jetzt begann sie zu reden, das heißt, sie formte Worte mit ihrem Mund, die aber nicht zu hören waren. Auch mein Großvater redete in dieser Sprache ohne Ton und Klang. Ich wollte aber nicht, dass er so spreche und Luft schnabuliere, und versuchte, ihm den Mund zuzuhalten. Doch er wischte meine Hand weg und setzte mich, plötzlich stark wie mein Vater, auf die Eckbank. Er zog seine Jacke aus, schlug die Hemdsärmel um und langte vom Küchenschrank einen Blechteller, dessen Inhalt er der Frau vorsichtig auf den Kopf goss. Es war frisches Eigelb, das in mehreren Bächen über das Haar davonströmte. Geschickt fing mein Großvater es mit beiden Händen auf, verteilte es über den Schopf und fing an, es einzumassieren. Die Frau genoss die Behandlung mit feinem Lächeln und bei geschlossenen Augen, den Kopf sacht nach hinten geneigt, so als lausche sie einer Musik, während mein Großvater seine Finger auf ihrem Kopf tanzen ließ wie ein Klavierspieler. Ich wiegte mich im Rhythmus mit, wurde angenehm müde davon und musste mich hüten, einzuschlafen. Oder war ich schon eingeschlafen, und es gelang mir nicht, aufzuwachen? Mein Großvater kämmte mittlerweile der Fremden mit einem mächtigen Kamm das eischaumige Haar aus, gemächlich und zart fuhr er mit den groben Zinken über die blassrot schimmernde Kopfhaut. Er legte den Kamm fort, und völlig unerwartet packte er mitsamt der Frau den Stuhl unter dem Sitz, um ihn hinüberzutragen zu der Stelle beim Küchenfenster, auf die von draußen der letzte Sonnenstrahl dieses Tages fiel. Den Stuhl drehte er so, dass die Sonne das Haar bescheinen konnte, und als es allmählich trocknete – je mehr ich mich darüber wunderte, desto mehr kam ich zu mir –, färbte es sich golden. Wortlos munterte mein Großvater mich auf, zum Abschied über das Haar zu streichen, aber ich brachte es nicht fertig. Als wir wieder draußen waren und den Heimweg antraten, hatte ich einen Apfel in der Hand und wusste nicht, woher. Ich wusste auch immer noch nicht, wer die Frau war, deren Haar oben hinter dem Fenster aussah, als habe es Feuer gefangen, während wir unten im Hof in die Dämmerung eintauchten. Unsicher legten wir in der noch jungen Nacht die ersten Schritte zurück. Es war auch noch nicht völlig dunkel, als wir den Ortsrand erreichten, noch wehrten sich die Gestalten gegen ihre endgültige Auflösung. Schwach glänzten auf der Straße und vom Wiesenrand her Spuren von Schneckensilber. Mehrmals hörte ich hinter uns etwas. Ich glaubte, ein Hund oder sonst ein Tier folge uns auf den Fersen, und ließ den Apfel fallen, als wäre durch diesen Tribut unser Verfolger loszuwerden. Schließlich fuhr ich herum, um nachzusehen, ob er noch da sei, doch es waren nur unsere eigenen Gehgeräusche, die hinter uns herhallten.

Mein Großvater ging schweigend neben mir. Ich wahrte Abstand zu ihm. Hatte er nicht wuchtigere Schultern als sonst? Schritt er nicht eiliger dahin und setzte den Stock härter, mitleidloser auf? In der Tat, unseren Stock hatten wir wieder, doch fragte ich mich, ob es auch der richtige Großvater sei, der neben mir ging. Ich stellte mir vor, wie es wäre: an der Seite eines Fremden in speckigem Anzug blind in die Nacht hineinzuschreiten, im guten Glauben, auf dem Heimweg zu sein. Beim nächsten Schritt schnellte ich, so als wäre ich auf eine Sprungfeder getreten, in die Höhe und rief:

»Opa!«

Obwohl er nicht so genannt werden durfte, sondern nur »Großvater«.

Er schrak zusammen, blieb stehen und beugte sich zu mir herab. Ich konnte nur seine Umrisse sehen, doch ich hörte, wie beim Herabbeugen vertraut sein Schenkelhals knarrte, und seine Wange mit dem Ewig-und-drei-Tage-Bart schmiegte sich traulich in meine Hand, auch der Dauerflor aus Tabak und Menthol umgab ihn wie gewohnt, und das feste Stroh seiner Kreissäge sowie seine weich behaarten Ohren waren am richtigen Platz zu finden.

Siebtes Kapitel

Gereist wurde damals noch kaum. Wir alle im Dorf mochten nicht viel »in der Weltgeschichte herumfuhrwerken«, wie man bei uns zum Reisen sagte, ohne Raum und Zeit scharf voneinander zu trennen. Möglicherweise hieß bei uns die weite bereisbare Welt ja Weltgeschichte, weil unsereins das Dorf fast immer nur verließ, um Krieg zu führen und ganze Länder oder Kontinente in ihre eigene Asche zu legen, die Bewohner dazu und manchmal auch gleich noch sich selbst. Wer heil zurückkam, liebte sein Dorf künftig so sehr, dass er nie wieder daraus fortwollte; das Dorf ersetzte nun ein Vaterland und mehr. Freilich, wo wir einmal gewesen waren, da lud man uns auch nicht wieder ein. Aus Trotz wurden wir noch bodenständiger. Nichts stärkte unser Heimatgefühl mehr als die Kriege, die wir über anderer Leute Heimat gebracht hatten. Doch meine Mutter wollte das nicht begreifen. Wieder und wieder erschreckte sie uns mit ihrem Wahlspruch:

»Fremde gibt Leut, Heimat gibt Schlappschwänz!«

Oft sagte sie es zweimal hintereinander, weil es sonst nicht galt, denn auch meine Mutter war kaum in der Welt herumgekommen und schon gar nicht in der Weltgeschichte. Ihr Doppelspruch klang besonders überzeugend, ja bedrohlich, wenn meine Mutter dabei noch zur Tür oder zum

Fenster hinauszeigte oder besser hinauszielte, so als wolle sie meinen Vater und mich unseres Heims oder schlimmer noch unserer Heimat verweisen. Mich stürzte ihr Spruch in denselben Zwiespalt wie das Brückengefühl an der Seite meines Großvaters, ich wusste nicht, was ich wollen sollte: die Fremde oder bloß eine Ahnung davon.

Mein Vater, der wie mein Großvater nur im Krieg das Dorf verlassen hatte – jeder freilich in seinem eigenen Krieg –, ließ sich, noch lange bevor wir ein Auto besaßen und ohne die geringsten Reiseabsichten, einen Autoatlas schenken, um sonntagmorgens darin »mit dem Finger auf der Landkarte zu verreisen«. So träumte er sich an Straßen und Schienensträngen entlang, kreuz und quer durch Europa, besuchte noch einmal seine persönlichen Kriegsschauplätze – Belfort, Welikije Luki, Bad Ischl – und umkreiste sie fahrig oder belagerte sie mit dem Reisefinger. Immer wieder nahm er unten am Seitenrand Maß, mit dem Finger, mit dem Lineal oder auch mit einem Stück Faden. Er staunte nicht schlecht, indem er sich die frisch rasierte, rosa glänzende Wange strich, über all die Strecken, die er in der Welt oder vielmehr in der Weltgeschichte zurückgelegt hatte. Bei seinen Fingerreisen redete er allenfalls mit sich selbst, nur zu mir konnte er sagen, wobei er geradewegs auf mein Herz deutete:

»Du führst keinen Krieg, Bub, du nicht!«

Was sich für mich so anhörte wie: Du bleibst daheim.

Doch wundersamerweise waren wir alle im Dorf trotz unserer plattfüßigen Bodenständigkeit in der ganzen weiten Welt zu Hause: Wer von uns einer Schlamperei, einer Unordnung beiwohnte, fand sich nach Polen oder Italien versetzt. Wo nicht im Laufschritt gearbeitet und dazu ununterbrochen gekeift wurde, war man in Russland. In einem Laden, wo es sich ungehindert stehlen ließ, kaufte man englisch ein. Und wenn einer einen Nagel in die Wand schlug und dabei überraschend auf einen Hohlraum stieß, so dass der Nagel beim nächsten Schlag darin verschwinden würde, dann schrie er auf:

»Ahaa, da wohnt ein Jud!«

Wer aber versunken und mit stierem Blick dasaß, sich selbst und alles um sich her vergessen hatte und wohlig im Wachen träumte, der wurde, wenn er zurückkehrte, gefragt:

»Warst du in der Schweiz?«

Zulukaffern und Balkanesen, Hottentotten und Zigeuner, Völker aller Längen und Breiten zogen durch unsere Redensarten und verbanden uns mit der Welt. Nur die Indianer wurden dabei ausgespart. Aber sie, ein fast ausgerottetes Volk, waren ja auch Verwandte von uns oder standen uns doch zumindest recht nahe. Genau wie wir waren sie unablässig verkannt, gejagt, beleidigt worden. Jeder hatte Geschichten von ihnen gelesen und kannte einen oder mehrere von ihnen mit Namen und Stammeszugehörigkeit. Wenn es in den Häusern unseres Dorfs über die Bibel hinaus noch andere Bücher gab, so waren es Indianerbücher, und die Indianergeschichten im Fernsehen mussten noch lange nicht der schlechteste Grund sein, sich einen Fernsehapparat ins Haus zu holen. Diese täglich ausgestrahlten Geschichten befestigten unsere verwandtschaftlichen Beziehungen immer wieder aufs Neue. Nicht wenige Männer im Dorf behaupteten, als Kinder oder Jugendliche selbst noch Indianer gewesen zu sein, Vollblut, Halbblut, Viertelblut. Sie kannten aus ihrer Prärie- oder Waldzeit noch manches Indianerwort und konnten, selbst auf einen unerwarteten Zuruf hin, sofort lossprechen und Sätze von beträchtlicher Länge hersagen:

»Fremder, sieh da den beinernen Schädel des Feindes! Seitdem ist unser Name ein Schrecken für sie. Howgh!«

Auch mein Vater liebte die Indianer auf brüderliche Weise; er sagte:

»Fünfundvierzig, im Lazarett, als mir die Schwester zwei Bücher vor die Nase hielt: ›Mein Kampf‹ und ›Winnetou‹ – ratet mal, welches hab ich genommen?!«

Wir lachten, wir wussten die Antwort längst.

Kriegsnarben und Zeitschrunden hatten auch nicht wenige von den Bäumen, die mein Vater kaufte, um daraus Fenster, Türen oder Särge zu bauen. Wenn in seiner Werkstatt neues Holz angeliefert wurde, erlebte ich ihn am glücklichsten. Wie zärtlich er die rauen, unbearbeiteten Bretter, Dielen und Balken berührte. Wie er den Geruch des Harzes, das unter der Säge über das Holz davongelaufen und noch nicht völlig trocken war, einsog; beim Streicheln der faserigen Fläche holte er sich gleich einen fetten Spreißel, doch ohne ihn recht zu beachten. Immer suchte er, mit Händen und Augen tastend, den fast fleischlich rosafarbenen Kern des Stammes, das Baumherz. Hatte er es gefunden, zählte er nach außen, Jahresring um Jahresring, bis zu Rinde und Borke. Im Holzinnern las er wie in einem Stammbuch, wann der Baum gepflanzt worden war und welchen König, Kaiser, Präsidenten er überragt hatte. Wenn er wusste, wie alt so eine Fichte, Lärche oder Kiefer sei, wusste er auch, welche Kriege sie überstanden hatte; denn das Kriege-Überstehen war auch unter Bäumen eine rare Kunst.

Je nachdem, woher die Bäume kamen, die er bei kleinen Sägemüllern oder großen Holzlieferanten kaufte, steckten sie voll mit Gewehrkugeln, Schrapnells und Bombensplittern. In schwedischem Holz, auf das immer drei zierliche blaue Kronen gestempelt waren, fand sich dergleichen nur selten, in deutschem, russischem oder polnischem Holz hingegen gefährlich oft. Vorsichtig, mit Hilfe eines Meißels oder Spitzbohrers, wuchtete mein Vater den von Fingernagel- bis Faustgröße reichenden, manchmal zum Schneiden scharfkantigen Batzen von Stahl oder Blei aus dem Stamm und reinigte mit einem Lappen die Stelle, an der er im Holz gesteckt hatte und langsam in es eingewachsen war. Die Stelle war meist brandig schwarz und roch angefault. Mit dem Finger fuhr er anschließend durch die Kuhle, ob sich darin etwa noch ein paar übersehene Reste, die Splitter von Splittern, finden ließen, auf die später, wenn das Holz mit der Maschine zugeschnitten wurde, die genauso hieß wie der Lieblingshut meines Großvaters: Kreissäge, unvermutet ein Sägezahn treffen und abbrechen konnte, so dass Splitter und Sägezahn oder beides zusammen dem Säger womöglich wie todbringende Geschosse um die Ohren sausten.

Von diesen Funden legte mein Vater eine Sammlung an, die später in seinem kleinen Museum mit veralteten und abgegriffenen Werkzeugen einen eigenen Platz erhalten sollte: seine Splittersammlung. Manche Stücke hatten die Form bizarrer Länder oder Kontinente auf einer fantastischen Weltkarte. Andere sahen lächerlich aus, wie platt gedrückte

Erbschen oder ausgespuckte Milchzähne. Wieder andere glichen den am gröbsten verunstalteten Teilen aus einer Tüte Bruchschokolade, wie wir sie bisweilen im Laden kauften oder von Verwandten geschenkt bekamen. Am wichtigsten aber war die Frage, wie die Splitter zu behandeln seien, damit Rost oder Grünspan sie nicht fraßen. Sollte man sie in Schraubenschächtelchen auf Schleifstaub betten oder einölen und in einem selbst gemachten Glaskasten auf Tuchstreifen breiten?

Manchmal kam von außen ein seltenes Exemplar hinzu, etwa aus dem örtlichen Sägewerk, wo der Gattersäger Bartholomä arbeitete, der uns das Stück winkend und lachend in die Werkstatt trug.

»Der Krieg«, verkündete er einmal schon von weitem, »ist noch nicht aus!«

Bartholomä hatte wieder eine dicke Schicht des ihm zugemessenen Glücks verbraucht; das Glück dieses Gattersägers schrumpfte wie ein Stück Seife beim häufigen Händewaschen. Das Geschoss aus seiner Säge hatte ihn nämlich nur gestreift – er sagte »gestriffen«, vielleicht weil erst dieses Wort so richtig kriegsmäßig pfiff – und ihm über eine Strecke von zwei, drei Zentimetern die linke Wange geritzt. Es war bereits seine elfte oder zwölfte Splitterwunde, auch wenn er alle diese Verletzungen mit Händen gezählt haben wollte, die deutlich weniger als zehn Finger aufwiesen; auch ein Sägerschicksal. Bartholomäs jüngste Wunde war fast schon wieder verschorft, von weitem erinnerte sie nur noch an einen halbtagealten Rasierschmiss. Niemand, außer ein paar Eingeweihten, ahnte ihre wahre Ursache.

Den Splitter zu bestimmen war in diesem Fall einfach.

Bartholomä wusste, wo der getroffene Baum gestanden hatte, so dass mein Vater kombinieren konnte:

»Kanadisch. Fliegerbombe. Vierundvierzig. Herbst.«

Ich konnte wählen zwischen zwei Kriegen, dem Krieg meines Vaters und dem Krieg meines Großvaters. Ich entschied mich für den meines Großvaters, er durfte nachgespielt werden und machte Spaß. Ein drolliges Kriegchen, obwohl es »Weltkrieg« genannt wurde. Der Krieg meines Vaters hingegen hieß nur »der Krieg« und war der Krieg selbst und der Krieg überhaupt. Es gab ihn gleich dreimal, nicht nur »mitten im Krieg«, sondern auch »vor dem Krieg« und »nach dem Krieg«. Vermutlich war er deshalb verboten. Auch gehörte er ganz allein meinem Vater und ein paar von seinen Freunden. Wenn ich diesen Krieg spielen wollte und als Bomberpilot gleich welcher Kriegspartei auf einem Strunk in den Haselnusssträuchern neben unserer Werkstatt hockte, einen Ast als Steuerknüppel in der Hand, das Propellergeräusch zwischen meinen Lippen hervorsprudelnd und einen Feuerwehrhelm auf dem Kopf, kam sofort mein Vater gelaufen und jagte mich zum Gebüsch hinaus. Ihm genügte der bloße Verdacht, dass ich seinen Krieg spielen könnte, um auf mich loszugehen und mich wie eine Fliege zu verscheuchen. Wenn ich seinen Krieg spielte, erkannte er mich kaum wieder. Er bot mir an, unter Einsatz seiner Maschinen einen Tomahawk für mich zu bauen, wenn ich von diesem Kriegsspiel abließe.

Einmal schrieb ich sogar einen Kriegsroman. Ich wunderte mich, was mir dazu beim Schreiben alles einfiel, und rätselte daran herum, aus welchen Quellen meine Einfälle wohl stammen mochten. Am dritten Tag, als der Zustrom von Bildern, Namen und Ereignissen noch immer nicht abriss, erzählte ich abends stolz den Eltern von meinem Werk und las ihnen aus dem Anfangskapitel vor. Aber schon nach wenigen Sätzen fuhr mein Vater von der Küchenbank auf, fegte, auf dem glatten Boden mit seinen Pantoffeln mehrmals ausgleitend, um den Tisch herum an meinen Sitzplatz und riss mein Schulheft an sich. Wühlend blätterte er darin herum und entdeckte offenbar mit einiger Verwunderung, wie viele Seiten mir schon gelungen waren. Aus dem Stand sprang er mit einem einzigen Satz vor den Küchenherd hin, riss ihn auf und steckte das Heft hinein. Durch einen Spalt des nicht sauber schließenden Herdtürchens konnte ich zusehen, wie das Heft sich im Feuer krümmte und von selbst aufschlug. Mit seinen von der Hitze braunschwarz verfärbten Seiten erinnerte es für einen Moment an ein kostbares altes Menschheitszeugnis. Bevor sie aufflammten und zerfielen, sah ich meine grauen, dicken, so sorgfältig gesetzten Bleistiftbuchstaben noch einmal wie Silber aufglänzen. Mein Vater nahm wieder Platz, und als er saß, gehörte, wenn nicht der Krieg, so doch das Heft mit meiner Geschichte über den Krieg endgültig unserer Vorzeit an.

Von Ostpreußen hatte ich erzählen wollen und von jenem nur geringfügig mit uns verwandten Onkel Richard, dem, so hieß es, kein Mensch jemals eröffnen dürfe, auf welche Art und Weise seine Mutter in den letzten Kriegstagen zu Tode gekommen sei. Schon ein einziges Wort könne ihn mitten entzweihauen, hieß es. Allerdings war ich bei dieser Stelle noch gar nicht angelangt. Ich wusste noch nicht einmal, was ich über den Tod von Onkel Richards Mutter überhaupt wusste. Erst im Schreiben würde ich es herausgefunden haben.

Und plötzlich, so als hätte er auf meiner Tischseite noch etwas vergessen, schnellte mein Vater ein zweites Mal herüber zu mir. Seine Hand schloss sich – wie der Nussknacker um die Nuss – um meine Hand, die Schreibhand mit dem kantigen Schreibstift darin, der sich nun so anfühlte, als wäre er geradewegs durch sie hindurchgewachsen. Leis wie sonst nur meine Mutter, sagte mein Vater den gegen Ende zu steil ansteigenden Satz:

»Warst du vielleicht dabei?«

Selbst noch das allerklarste »Nein!!« wäre auf diese Frage eine anmaßende Antwort gewesen. Das Nicht-dabei-gewesen-Sein des kleinen Sohns im Vaterkrieg war so überwältigend, dass kein Wort, und schon gar keines aus seinem eigenen Mund, es ausdrücken konnte.

Ganz anders als von meinem Vater wurde ich von meinem Großvater immerzu ermutigt, an seinem Krieg teilgenommen zu haben. Als sein Wunschenkelkind war ich, neununddreißig Jahre vor meiner Geburt, in seinem Weltkrieg zur Welt gekommen: im Sommer neunzehnhundertundsechzehn, an der Westfront in Frankreich, nahe dem Ufer eines Flusses mit Namen »Somme«, gesprochen wie geschrieben, weil wir es nicht anders wussten. Ich entstieg dem Ohr meines Großvaters, seinem nackten, damals noch unbehaarten Soldaten-, genauer: Pionierohr, in dem ich fortan auch hauste, weil es sonst an der Front keine Unterkunft für mich gab. Mein Großvater nannte mich zuerst »Däumling« und wollte mich im Futteral seiner Brille einquartieren. Dann aber entdeckte er, dass ich »ja noch kleiner als Däumling« war, und setzte mich in sein linkes Ohr, in dessen Öffnung ich aufrecht stehen konnte, ohne oben auch nur mit den Haaren anzustoßen. Der Regimentsschneiderei gab mein Großvater den Auftrag, seine eigene Uniform in meiner Größe nachzuschneidern; dazu wurde weniger Stoff benötigt als für ein Knabentaschentuch. Nachts schlief er immer nur auf dem einen, gegenüberliegenden, erdab- und himmelzugewandten Ohr, damit ich in dem von mir bewohnten anderen nicht zu Tode gedrückt wurde oder herauspurzelte. Ich war der bei weitem kleinste Kriegskamerad meines Großvaters, nicht einmal halb so groß wie ein Zinnsoldat, und alles, was ich nachträglich und von heute aus in diesem Krieg berührte, schrumpfte auf meine Größe.

Zu zweit saßen wir daheim in der großelterlichen Küche, Arm in Arm im Ohrensessel, neben einem Ofen, der »Kanonenofen« genannt wurde und uns mit seinem Zischen und Böllern, Prasseln und Wummern die Geräusche ferner Kämpfe ins Haus lieferte. Wir stellten einander Erzählaufgaben. Mein Großvater musste sich ausmalen, was ich erlebt hatte, als unsere Artillerie mich, den Winzling und Wichtel, zum Feind hinüberschoss, um in dessen Ohren auf Deutsch Verwirrung zu stiften. War ich an der Reihe, fing mein Großvater mit einer Geschichte an, die ich so schnell wie möglich durch ein »Halt!« unterbrechen musste, um zu sagen, an welchem Ort sie spielte:

»Somme!«

»Verdö!!«

»Duwommno!!!«

Mein Großvater holte auch die Blechschatulle aus dem

Stubenschrank zu unserem Kriegsspiel herbei und stellte sie vor unser beider Augen auf seine Knie. Er öffnete sie, die vom Rot der Hagebutte war, nur einen Spaltbreit und fingerte vorsichtig hinein. Wir kannten beide den Inhalt, wir wussten nur nicht, in welcher Reihenfolge er diesmal zum Vorschein käme. Wenn es raschelte, waren Inflationsgeldscheine zu erwarten, beim Gang durch hunderttausend Hände miefig und lappig geworden und beinah so groß wie Leichentücher – aber sie wurden ja auch gebraucht, um das Geld zuzudecken, nämlich wenn es »verreckt« war, wie mein Großvater sagte, dem das Geld schon zweimal verreckt war. Klimperte es in der Schatulle, gingen bald Münzen durch unsere Hand, auf denen reichlich eckige Menschenschädel abgebildet waren. Ihnen musste ich ihre Namen geben, wobei mein Großvater mir größtes Entsetzen vorspielte, wenn ich Hindenburg mit Ebert verwechselte. Man konnte sie nämlich nicht verwechseln: Dem einen wuchs der Kopf am Kinn in die Breite, dem anderen auf Höhe der Stirn. Beide waren sie »Reichs-prä-si-den-ten« gewesen; das längste Wort, das mir bis dahin in den Mund gelegt worden war; wir übten es sowohl silbenweise als auch am Stück. Hindenburg hatte als Feldmarschall angefangen (auch kein kurzes Wort), Ebert als Sattler. Gemeinsam war den beiden, dass sie tot waren und man mit ihren Münzen heute nichts mehr kaufen konnte. Trotzdem fanden mein Großvater und ich einen Unterschied zwischen ihnen heraus, nämlich dass der Hindenburg keinen Pfennig wert sei, der Ebert aber nicht in Gold aufzuwiegen. Der dritte Griff in die rote Blechschatulle musste nach dem bisherigen Verlauf mit einem Aufschrei enden. Denn jetzt befanden sich vor allem noch die Orden meines Großvaters darin, die er sich in seinem Krieg verdient hatte. Manche ihrer Anstecknadeln standen offen, und man konnte sich beim blinden Hineingreifen in die Schatulle an ihnen blutig stechen. Die angerostete Verwundetenspange und das Eiserne Kreuz, die mein Großvater nacheinander herauszog, wurden mir übergeben. Mit eigener Hand durfte ich sie an mein Hemd heften, gleich neben den brüllenden Hirsch aus Hirschhorn auf meinem Hosenträgerlatz.

Wenn mein Großvater und ich die mit künstlicher Seide ausgeschlagene Schatulle vollends leer geräumt hatten, steckten wir unsere Nasen hinein. Wir nahmen jeder eine Brise von dieser ungewohnten Luft in der Leere der Schachtel. Es war der Geruch von Dingen, die alt und älter hatten werden dürfen, ohne ausgetauscht und fortgeworfen zu werden. Und der Geruch, den die Zeit hinterließ, wenn sie sich davonmachte.

In unserer nächsten Spielrunde wurden mir vom Großvater Stichworte zugeworfen, etwa »Verwundung« oder »Abendrasur«, »Engelland« oder »Fahrradklau«, »O là là« oder »entlausen«. Meine Aufgabe war es, jedem dieser Wörter und Wörtchen eine nicht unwahrscheinliche, bis in Kleinigkeiten ausgedachte und ausfabulierte und – oft auch für mich selbst – überraschende und staunenswerte Geschichte anzudichten. Wenn mein Großvater im Krieg seine Brille verlegt hatte und nichts sehen konnte, stand ich, der Ja-noch-kleiner-als-Däumling, auf seiner Riesenschulter und hielt mich am niederen Krägelchen seines Militärunterhemds fest, um ihm beim Rasieren zu helfen. Mit meinen Kommandos lenkte ich das rauschende Messer wie einen Schneepflug durch Bart und Schaum, damit mein Großvater nicht mit zerschnittener Wange zum »O là là« ins Franzosendorf musste; denn wir pflegten freundlichen Umgang mit den Einheimischen. Übrigens hatten wir diesen Krieg nicht *geführt*, wir waren in diesem Krieg nur *gewesen*; was ich bezeugen konnte.

Mein Großvater mimte auch den Vergesslichen, und ich durfte ihm in Gönnerpose Stück für Stück sein Gedächtnis zurückgeben. Oder er übertrieb eine schmerzhafte Erinnerung derart, dass ich alle Erzählkraft aufwenden musste, um ihr den Schrecken zu nehmen. Unser schlimmster Kriegstag war jener, an dem wir in eine Giftgasschwade tappten. Es war in Flandern, im Houthulster Wäldchen, nahe Ypern. Mein Großvater trug eine Gasmaske, deren Halteriemen genau über das Ohr liefen, in dem ich wohnte, so dass ich im Finstern eingeschlossen war und ihm nicht beistehen konnte. Gegen das Gas in der Luft waren wir geschützt. Doch mit dem rechten Hosenbein blieb mein Großvater an einem Stück Stacheldraht hängen, zerfetzte den dicken Drillich seiner Hose und riss seitlich der Wade sein Fleisch auf, in das ein winziges bisschen Giftgas eindrang. Es hatte sich auf dem Stacheldraht niedergeschlagen wie unsichtbarer Raureif; »Gelbkreuz« hieß das Gas.

Die Wunde sollte nie wieder heilen.

Als die Schwade entschwunden war, sanken wir nieder. Mein Großvater schnallte sich den vorne platt gedrückten Schnaufrüssel vom erhitzten Kopf, und auch ich, in seinen Gehörgängen geborgen, wagte mich wieder hervor. Aber schon klagte mein Großvater über Schmerzen im Bein, schon schwoll die giftgasvergiftete Stelle unter seiner Hand und begann in allen Farben zu leuchten. Er stöhnte:

»Schleich ins nächste Dorf, Däumling, und besorg mir ein Fahrrad!«

Zwischen baumhohen Grashalmen und noch höheren Moosbergen rannte ich davon, rufend:

»Großvater, das Fahrrad will ich dir schon bringen.«

Die Wunde war bis heute nicht wieder zugeheilt; wegerzählen ließ sie sich auch nicht, nicht einmal von mir; nur besänftigen ließ sie sich, so dass sie nicht weiter schmerzte. Sie lag dauerhaft unter einem Verband, der alle paar Tage gewechselt werden musste, und glich einem handtellergroßen rotblauen Krater mit milchweißem Rand, nicht sehr tief, aber unerschöpflich eiternd und wässernd. Ein zahnstarkes Tierchen hätte diesen Krater herausgefressen haben können. Er stank, aber ich wusste nicht, wonach. Meist war es der Enkel, dem die Aufgabe zufiel, das Gelbkreuz-Loch des Großvaters mit Watte auszutupfen und aus vollen Backen Luft hineinzupusten. Anschließend konnte es mit Zinksalbe zugespachtelt werden, bis es randvoll war und nicht mehr der Rede wert.

Manchmal erzählten wir unser Kriegsmärchen auch vor Publikum. Am meisten Beifall spendeten uns dafür die Gefährten meines Großvaters. Auch sie waren im »Weltkrieg« gewesen und wussten, wovon wir sprachen. Am Schlachttag im Dezember saßen sie alljährlich in der Küche meiner Großeltern mit uns am Tisch. Murmelnd und schmatzend wurde der Toten gedacht, die nicht mehr vom Schwein mitessen konnten. Einen Schnaps auf die Nimmerlebenden! Während einer der Schweigeminuten blickte alles hinunter auf die wurst- und fettverschmierten Teller. In der Tischmitte brannte eine Kerze. Ihr Licht flackerte auf den Gesichtern der alten Männer, weiter reichte es kaum. Hinter jedem stand eine eigene Dunkelheit. Wenn Essmüdigkeit und Trauer sich verflüchtigt hatten, setzten Singen und Erzählen ein. Mein Großvater und ich ließen den Gästen den Vortritt. Cornelius Ohms berichtete freudig, ihm sei Petrus im Traum erschienen und habe ihm befohlen, ein Regiment Ulanen auszuheben. Adolfritz griff der Gesang vom guten Kameraden so ans Herz, dass er weinen musste. Und ich durfte dem Schulzenwalter, dafür von allen beglückwünscht, meine Faust in das Granatsplitterloch legen, das ihm ausgeheilt und ausgetrocknet im Rücken klaffte und das er sein »Souvenir« nannte. Ich hatte es noch nie gesehen, aber schon oft erfühlt; so ließ jeder hier seinen Wundkrater sprechen.

Am Schlachttag häuften wir Vorräte an, Essbares und Erzählbares. Doch Fleisch, Wurst und Speck nahmen im Laufe des Jahres ab, je mehr wir davon aßen. Am Ende war nichts mehr übrig, und wir mussten wieder ein Schwein schlachten, das wir ein Jahr lang mit Kleiesud und Essensresten gefüttert hatten. Ganz anders ging es mit den Erzählvorräten, sie nahmen zu, je mehr wir von ihnen zehrten.

Wir alle, besonders aber mein Vater und mein Großvater, mussten immerzu wissen, wie alt oder wie lange her etwas sei, woher es komme und von wem es abstamme. Gespräche, in welchem Jahr jemand geboren war, führten bei uns nicht selten geradewegs ins Zerwürfnis.

»Der Wilhelm ist ein Siebenundneunziger.«

»Nein, ein Neunundneunziger!«

»Ein Neunundneunziger ist der Paul.«

»Der Paul ist ein Einser!«

»Wie die Klara? Niemals!«

»Was sonst?«

»Der Paul? Ein Nuller – wie die Emma!«

»Die Emma eine Nullerin!? Bei Gott, die Emma ist eine Dreierin.«

Das Messen, Zählen und Zurückführen-Auf war vermutlich zu unserer Passion geworden, weil wir selbst über keinerlei Stammbaum verfügten – anders als die Bauern unserer Gegend, die sich so lücken- wie mühelos von einem germanischen Schollen- oder Furchengott hätten herschreiben können, wenn die Abstammung von solchen Göttern nicht sowieso selbstverständlich für sie gewesen wäre. Leute wie wir stammten nicht ab oder schrieben sich her, sie kamen nur vor, es gab sie einfach, zahlreich und zufällig wie das Gras, obwohl mein Großvater zuversichtlich war, dass unser aller Urahn ein gewisser Zimmermannssohn aus Nazareth gewesen sei, der als Handwerksbursche vielleicht sogar einmal durch unser Tal gewandert war.

Doch der Fortschritt und die Angst, die der Fortschritt verbreitete, lehrten schließlich auch die Bauern das Messen, Zählen und Zurückführen-Auf. Derart unseres Privilegs beraubt, hörte ich meinen Vater oft schimpfen:

»Seit die Bauern einen Meterstab lesen können, ist die Welt aus den Fugen!«

Mein Großvater gehörte der Generation der Vierundneunziger an. Wenn die Vierundneunziger im Verein mit den Dreiundneunzigern und den Fünfundneunzigern bei Jahrgangstreffen und Geburtstagen zum Kriegerdenkmal schritten, lief ich mit. Sie legten Kränze für ihre Gefallenen nieder, und ich zupfte die Kranzschleifen zurecht, damit alle das in Goldfarbe von schwarzem Grund abstechende Wort

»Unvergessen« lesen konnten. Keiner der Alten bestritt, dass ich zu ihnen zählte. Wenn sie »Wir« sagten, war ich mitgemeint, und »Ich«, das war einer von ihnen; wir verwechselten einander auf das Anmutigste. Auch am Volkstrauertag reihte ich mich selbstverständlich bei ihnen ein, meinen Jahrgängen. Wir platzierten uns auf dem Kirchenplatz weit vorne, so dass ich dem steinernen Kerl, der mit dem Hintern am Kriegerdenkmal festzukleben schien, ins blicklos grüne Auge schauen konnte und auf die verwitterte Stelle an seinem Mund, die wie eine Verletzung oder Verwachsung aussah. Die Hände wurden gefaltet, meine Jahrgänge nickten mir zu, die Augen voll Wasser, nur ich behielt einen klaren, trockenen Blick. Vierzehn von uns – und mehr waren von dieser Generation nicht übrig geblieben – zählten gemeinsam 991 Jahre; durch mich wurde das Tausend voll. Ich hatte graue Knickerbocker und weiße Kniestrümpfe an. Mein Haar war für diesen Tag von eigener Hand mit Haarcreme niedergezwungen und jahrgangsgerecht gescheitelt worden – mittig und wie mit dem Säbel. Gegenüber, hinter den in Trauer gekleideten Kriegerwitwen und Soldatenmüttern, kaum zu erkennen und noch hinter dem Blechspalier des Posaunenchors, erspähte ich meinen Vater. Er war umgeben von seinen Jahrgängen, allesamt mit rotflammenden, hastig hin und her gewendeten Gesichtern, darunter auch jene, die er die »Stalingrader« nannte. Während wir trauerten und unter den Augen der Lebenden mit Blicken und Händen allerliebst zu den Toten sprachen, wanderten, nein streunten ihre Blicke zornig und wie verzweifelt umher.

Mein Vater und seine Freunde liebten das Kriegerdenkmal nicht. In der Küche meiner Eltern hatte ich sie einmal schwören hören, es bei Nacht mit Eisenschlegeln zertrümmern und zerbröseln zu wollen und eimerweise in den Fluss zu schütten. Besonders hassten sie den rückwärtig mit dem Denkmal verschmolzenen, so stolzen wie tumben Klotz von Krieger, der eine schuppige Rüstung am Körper und einen Stahlhelm aus Stein auf dem Schädel trug und der seine riesigen, gewalttätigen, betenden Hände vor dem Bauch auf einen Schwertknauf stützte.

Viel lieber als in dessen Nähe trauerte mein Vater in unserem Garten. So war mir einmal aufgefallen, wie er sich am helllichten Tag unter einem Apfelbaum aufstellte, dessen Astwerk ihn vermutlich tarnen sollte. Mein Vater nahm seine Arbeitsmütze vom Kopf und faltete die Hände, ohne die Mütze daraus fortzulegen. Während seine Blaumannhose unterhalb der Knie heftig an ihm schlotterte, weinte er aus geschlossenen Augen. Mehrere Minuten stand er so unter dem Baum, im Gesprenkel von Licht und Schatten. Am Morgen hatten wir einen schwarz umrandeten Brief erhalten: In einem Alpendorf namens Kaprun war sein von dort stammender Kriegskamerad Hansel gestorben. Weil wir aber auch zu Beerdigungen nicht an so entlegene Orte fuhren, entschloss mein Vater sich, unseren Pfarrer um ein Sondergeläute der Kirchenglocken zu bitten. Er ahnte, dass er den Pfarrer dazu würde überreden müssen, denn ein Geläut für ferne Tote hatte es nur im Krieg gegeben. Aber das waren immerhin Tote aus unserem Dorf gewesen, Tote, die das Pech gehabt hatten, nicht mehr heimzukehren, deren Verwandte aber noch hier lebten. Für sie läutete unser Totenglöckchen, oder besser: Es bimmelte gellend und überstürzt und immer gleich trostverweigernd über die Dächer hinweg.

Nach einem nervösen Schmiedehammer klang es, der auf den Amboss niederfuhr, um das Eisen zu schmieden, solange es heiß war. Schlag für Schlag hüpften die Töne auf die Köpfe der Dorfbewohner herab. Die Leute blieben auf der Straße stehen, um nach andächtigem Kopfsenken von unten herauf zu fragen:

»Wer?«

Als es diesmal anfing, wartete mein Vater schon eine Weile unter dem Baum. Weinend erwartete er unter Zweigen und Blättern das Glockengeläut. Und das Glockengeläut breitete sich in der Luft aus, senkte sich auf meinen Vater herab und schüttelte ihn, von Schlag zu Schlag stärker. Die ganze Trostlosigkeit des Gebimmels musste er alleine aushalten, da außer ihm niemand wusste, wissen konnte, für wen das Totenglöckchen geläutet wurde. Wäre jemand im Pfarrhaus erschienen, um nach dem Toten zu fragen, dem das Läuten galt, so hätte der Pfarrer sich wohl auf ein Fehlläuten hinausreden und dafür beim ganzen Dorf entschuldigen müssen.

Fast alles, was ich über meinen Vater und seinen Krieg wusste, hatte ich immer nur als zufälliger oder unfreiwilliger Zeuge erfahren: unentdeckt in einem Baum zwischen den Ästen versteckt oder unterhalb des Küchentischs auf einem Kinderschemel thronend. Den kleineren Teil meines Wissens hatte ich aus Gesprächen, die mein Vater mit meiner Mutter führte und bei denen ich gleichauf mit beiden am Tisch saß. Alles, was sie dabei sagten, schien auch zu mir hin gesprochen, doch es galt mir nicht. Die Erwachsenen hatten Augen und Ohren nur füreinander. Vom Krieg kamen sie auf anderes, doch ich wurde bei alldem rundweg übersehen.

Desto stärker fühlte ich an ihnen ein Verlangen; an meinem Vater jenes vertraute, immerzu ge- und erhört zu werden; an meiner Mutter ein unvertrautes. Schließlich konnten sie einander nicht mehr anschauen und ansprechen, ohne sich auch anzufassen und aneinander zu zupfen, ja zu zerren. Ihre Hände waren nicht länger in Schach zu halten, und unter dem Tisch schlenkerten sie ihre Füße gegeneinander.

Doch in der Rolle des Übersehenen ließ sich manches erbeuten. Es gab keine bessere Tarnkappe als die Unaufmerksamkeit der Erwachsenen. Nachher wunderte man sich wieder, was man alles wusste.

Mit seinen Freunden umlagerte mein Vater denselben Tisch in der elterlichen Küche. Sie waren zu sechst und besetzten alle Plätze, so dass ich mich mit dem Schemelchen begnügen musste, das, seit ich größer wurde, fast nur noch unser Kater belegte. Beim Reden warfen sie sich manchmal heftig in ihre Stühle zurück, prallten krachend gegen die Rückenlehne der Sitzbank oder bogen sich wie bei übertriebenen Verbeugungen weit nach vorn über die noch nicht abgetragenen Reste des Vespers. Sie rauchten Zigaretten, stocherten mit angespitzten Streichhölzern zwischen ihren Zähnen herum, tranken Most und Schnaps. Es war noch nicht Nacht, und das Küchenlicht in der Milchglaskugel über ihren Köpfen konnte ausgeschaltet bleiben. Mir war in meiner Versenkung alles fern und nah zugleich. Schräg oben boten sich mir die werktäglich-eckigen, unrasierten Kinne dar. Unten bei mir spürte ich den Luftzug, wenn eine Hand niederfuhr, um an einem Knie zu kratzen oder auf einen Schenkel zu klopfen. Zwischen den Tischbeinen scharrten und knarrten die schmutzigen Arbeitsschuhe und wühlten den dünnen Läufer auf. Es roch nach dem übrig gelassenen Vesper. Eine Mütze rutschte von der Stuhllehne, über die sie gehängt worden war, voll mit Mehl- oder Zementstaub.

Meine Mutter war nicht zu Hause. Niemand dachte daran, noch etwas zu essen. Unberührt lagen die Butter, der Käse, das Brot und ein roter, haariger Rettich auf dem Tisch unter einer Glocke von Rauch. In seinem Käfig krallte sich Freitag, mein grün-schwarzer Wellensittich, der uns zugeflogen war, an den Gitterstäbchen fest, schaute mit seitwärts geneigtem Kopf auf die Runde am Tisch und pfiff ihr aufmunternd zu. Er hatte auf dem Küchenschrank den höchsten Ausguck inne, konnte alles beschauen und von allen beschaut werden. Doch außer mir schien ihn niemand wahrzunehmen. Die Männer begriffen nicht, dass die rufartigen Pfiffe ihnen galten. Freitag antwortete, weil er sich angesprochen fühlte. Er schien die seltsamen Töne, die aus ihren Mündern aufstiegen, zu verstehen. Das kannte ich von ihm: Eine ruhig dahinredende Menschenstimme berührte ihn kaum. Doch wenn man mit der Stimme zu spielen begann und in kauderwelschendem Durcheinander raunte und plapperte, gurgelte und pfiff, dann wurde er neugierig und geriet, je länger, je mehr, in Vogelverzückung; wenn wir auf diese Weise miteinander sprachen, spürte ich nur noch ein dünnes Löschblatt zwischen ihm und mir. Der Vogel war auch der Einzige, der mich in meiner Versenkung nicht vergaß, denn steil äugelte er von seinem Schrank zu mir herab. Über kurz oder lang würden wir beide in der Dunkelheit versinken, nicht mehr sichtbar, nur noch fühlbar füreinander.

Bareiß saß mit am Tisch, der »Stalingrader«, der seit dem

Krieg nichts Festliches und Feierliches mehr ertrug und jedes Mal kurz vor dem Essen den Sonntagsbraten vom gedeckten Familientisch nahm, um ihn draußen im Hof seinem Hund vorzusetzen. Ebenso Binanzer, der statt seines gefallenen Bruders aus dem Krieg heimgekehrt war, was seine Eltern lauthals bedauert hatten; seitdem fuhr er als falscher Sohn gewagte Motorradrennen. Außerdem Helmschmied, der wieder und wieder, bis er es selbst nicht mehr glaubte, mit den Händen anzeigen musste, wie wenig die Russen noch maßen, wenn er sie mit seinem Flammenwerfer von den Bäumen gesengt hatte. Und auch jener befand sich unter den Gästen, den sie überall den Kromer-Kurt riefen und der selbst in sonntagnachmittäglicher Stille eine weit aus dem Osten heranwehende und seinen Kopf durchbrausende Stalinorgelmusik vernahm, auch wenn er gar nicht wollte. Der Fünfte war Noller der Maurer, der mir versprochen hatte, auch mich zum Maurer zu machen, denn er sah eine noch größere Zeit des Bauens voraus. Durch Nollers Körper wanderten bei Tag und Nacht und also auch zu dieser Stunde Stahl- und Eisensplitter aus dem Krieg, nicht aufzuhalten und ohne dass jemand wusste, welches ihr Ziel war oder wann sie dieses Ziel erreichen würden.

Über meinen fast bis in den Brustkorb eingezogenen Kopf schossen die Wörter hinweg. Laute knallten, platzten, zischten, fauchten. In die Küchenluft hinausgestoßene, mir nicht verständliche Kürzel wechselten die Seiten. »Gröfaz«, »Sani«, »Barras«. Womöglich waren sie geheime Lautzeichen für Dinge, die nicht ausgesprochen werden durften. Aber sie fanden ein Echo. »T 34«, »MG 42«, »Me 109«. Es war in unserer Küche inzwischen fast völlig dunkel, aber noch immer schaltete niemand das Licht ein. Um die Männer war es so nacht wie in ihren Reden. »He«, »Stuka«, »Ju«. Je weniger ich von ihnen sah, desto weniger unterschied ich ihre Stimmen. Mit Mühe hörte ich meinen Vater heraus. Alle, auch er, sprachen mal mit vertrauter, mal mit fremder Zunge. Wort um Wort schaufelten sie auf mich herab. »Ne-karosch«, »Ne-bonni-mai«, »Germanski-nix-Kultura«. Ab und zu sackten die Männer in eine lauernde Stille; Wortgefechtspausen. Schnappend flammte ein Feuerzeug auf. Ein Kratzen auf stoppelbärtiger Wange wurde überlaut. Es folgte das zähe Schniefen einer Nase, die einem zu engen, verrußten Kamin gleichen musste. Oder war es ein Lachen, das verunglückte, weil es nichts zu lachen gab? Ein ersticktes Weinen gar? Gläser klirrten gegeneinander, aber verzagter als zuvor; man traute sich im Dunkeln anscheinend nicht mehr, kräftig anzustoßen. Für Augenblicke hing der Geruch von Feuerzeugbenzin in der Luft. Bevor das Erzählgetümmel fortgesetzt wurde, drang ein Würgen, Krachen und Schnattern aus den Kehlen, so als werde mit aller Kraft, aber so umständlich, wie nur Erwachsene es sein konnten, versucht, Geräusche nachzuahmen; Kriegswaffengeräusche. »Kursk«, »Machorka«, »Dnjepr«. Oder waren das Namen, die ich schon gehört hatte? Mit ihren Mündern und Lippen machten die Männer Luftkämpfe nach und ließen Flugzeuge gegen Schiffe prallen. »Rammjäger«, »Kamikaze«, »Sturzflug«. Darauf wieder brachen aus ihnen Laute hervor, die sogleich an Wörter erinnerten, auch wenn man diese Sprachmischwesen nur zur Hälfte erkennen konnte; ein halber Mitwisser, das war ich immerhin schon: »Kopfschuss«, »Russenweiber«, »Hundemarke«. Mehrfach rollten Zusammenballungen dieser Art zwischen den Tisch- und Menschenfüßen auf mich zu. Sie waren hervorgewürgt worden wie unverdauliche Gewölle, die inwendig alles verhaarten und verstopften. Einmal ausgekotzt, verwandelten sie sich in Wörter, Halbwörter, Unwörter, die wieder aufsteigen und davonfliegen wollten. Zu Sätzen fanden sie jedoch nicht zusammen. Wutschnaubend irrten sie durch das Dunkel unserer Küche und plumpsten schließlich wieder herab zu mir wie ausgeglühte, qualmende Silvesterknaller. Manche von ihnen wurden vorher noch einmal mit Geheul und Geschrei wiederholt, als wären sie sonst unglaubwürdig, manche auf dem Küchentisch von trommelnden Fingerknöcheln begleitet, und manche klangen wie in der Angst gesungen, »verheizt«, »verpfuscht«, »geblut-wie-Sau«. Ja, manchmal schienen die sechs Männer singen oder beten zu wollen, damit ihnen leichter werde ums Herz. Gerade noch lautlos bis zur Unhörbarkeit, peitschten ihre Stimmen im nächsten Moment schon hinüber ins Schrille. Mit der Zeit erschöpften sie sich, wurden heiser und wehmütig wie nach lang anhaltendem Weinen und Zanken, oder als hätte man diese Stimmen mit dem gröbsten Schleifpapier aus der Werkstatt meines Vaters aufgeraut wie Hartholz vor dem Beizen.

Alle ihre Wörter kamen aus ein und derselben Himmelsrichtung: aus Osten; und dorthin wiesen sie auch zurück. In mir, der ich ihnen schon öfter unter die Räder gekommen war, erzeugten sie das Ostgefühl, eine Art Überempfindlichkeit für diese eine, einzige Himmelsrichtung. Im Osten wohnten unsere schlimmsten Geheimnisse, wollte dieses Gefühl sagen. Im Osten waren wir verurteilt, und keiner wusste, ob nicht zu Recht. Deshalb mieden wir diese Weltgegend, besonders mit der Seele. Aber sie saugte von fern an uns. Und eines Tages konnte sie uns heimsuchen und sich mit Krieg an uns rächen. Glücklicherweise hing vor ihr ein Vorhang aus Eisen herab und rasselte nach allen Seiten. Der Himmel im Osten war gewölbt wie ein Gaumen und rot von Feuer, so als ginge nicht im Westen, sondern dort die Sonne unter, und die Welt gleich mit. Vom Osten dehnte der Himmel sich immer weiter nach Osten, dorthin, wo alles unendlich schien, vor allem der Osten selbst, aber auch unsere Schuld, unsere Scham, unser schlechtes Gewissen. Alles in den Worten und Gesten der Männer war voller Himmel- und Höllenangst vor diesem rot glühenden östlichen Horizont. In den Ostwäldern lagen noch immer tote Soldaten herum, knapp unter Laub und Dickicht, uniformierte und behelmte Knochenmänner, die früher Verwandte von uns gewesen waren. Überall im Osten war die Erde unfruchtbar von Kriegsschrott, Panzeröl und giftigen Gasen. Im Innern der Erde, gleichsam nach unten, türmten sich die Leichenberge. Manchmal erschien mir der Osten als alte Frau mit weißem Kopftuch, die an einem vergissmeinnichtblauen Gartentürchen vor ihrer rauchenden, zerschossenen Kate stand und weinte.

Wenn die Freunde meines Vaters diesem Osten einen Namen geben wollten, sagten sie nur:

»Der breite, breite Wind.«

Als meine Mutter nach Hause kam und die Tür öffnete, stieß sie einen Schrei aus. Sie drehte das Licht an und stürzte mit ausgestreckten Armen quer durch die Küche, um das Fenster aufzureißen. Schließlich entdeckte sie unten auf meinem Schemelchen auch mich. Sie hob mich hoch und höher, so als wolle sie im Schein der Küchenlampe prüfen, ob ich noch heil sei. Dann setzte sie mich wieder ab und lachte und scherzte mit den Männern, denen das von der Zimmerdecke strahlende Licht noch härter auf die lichtentwöhnten Augen schlug als mir.

Nollers Splitter erreichten ihr in der Männerrunde niemals ausgesprochenes Ziel an einem Sonntagabend im August. Fast immer war es ein Sonntag, wenn wir vom Krieg eingeholt wurden; deshalb klammerten wir uns so an die Werktage. Ich hatte mir diese Splitter vorgestellt wie einen Schwarm Sandkörner, die durch Nollers Blut schwammen. Ihr Ziel, das zeigte sich jetzt, war sein Kopf gewesen, von dem der Maurer oft die staubbedeckte Mütze gelüpft hatte, um sich das strähnige, zement- oder kalkbestäubte Haar nach hinten zu streichen, wo es nicht bleiben wollte. Er tat es unbeholfen mit seiner rechten Hand, an der ihm der Zeigefinger fehlte, so dass man meinen konnte, er streichle sich selbst. – Noller fiel einfach um, bei uns vor dem Haus, weich und geschmeidig hinuntergleitend über die Kühlerhaube seines Autos, so als wolle er auf jeden Fall verhindern, sich einen weiteren Schmerz zuzufügen. Härter stürzte die Handkreissäge, die er, von meinem Vater zur Wochenendarbeit ausgeliehen, gerade zurückgebracht hatte und meiner Mutter übergeben wollte; ich hätte das Kabel tragen sollen. Scheppernd schlug die Säge auf die Straße, und ihre Zähne blitzten. Bevor Noller fiel, griff er sich mit der vierfingrigen Hand an den Kopf, als wäre ihm gerade noch etwas in den Sinn gekommen. Meine Mutter und mein Vater schleppten ihn ins Haus und legten ihn auf das Sofa in unserer nur sonntags oder bei Krankheit benutzten, fernsehlosen Wohnstube. Ich rannte voraus und öffnete die Türen, dann rannte ich zurück und schloss sie wieder. Noller regte sich nicht mehr. Der Tod, der ihn heute in der grießigen Gestalt von Splittern und Splitterchen ereilt hatte, war neunzehnhundertvierundvierzig als Kugel von einem Scharfschützen ausgesandt worden. Doch der Tod ließ sich noch ein weiteres Mal Zeit mit ihm und beendete das Leben des Maurers nicht gleich. Er wollte ihm noch ein wenig zuschauen, ein weiteres Mal aus dem Hinterhalt.

Schon mehrmals hatte der Tod sich in Geduld geübt. Erst als der Maurer daranging, nicht mehr nur fremde Häuser, sondern ein eigenes zu bauen, wurde er unruhig, so als fürchte er, über einen hausbauenden und hausbesitzenden Noller keine Macht mehr zu haben. Ja, selbst das Bauen hatte Noller den Maurer nicht retten können. Im Morgengrauen vor Heiligabend war seine Zeit zum dritten und letzten Mal um. Nach Monaten im Krankenhaus, in dem er gelegen hatte, ohne noch einmal aufzuwachen, und ernährt mittels eines Schlauches, der ihm in der Speiseröhre steckte, starb er. Irgendwo musste man sich lange uneins gewesen sein, wie viel Lebenszeit ihm zustand. So wie meine Eltern, wenn sie sich abends darüber stritten, ob ich schon ins Bett sollte oder nicht.

»Darf er noch?«

»Nein, er *muss* jetzt.«

»Schon? Es ist doch noch gar nicht spät ...«

»... na gut. Aber bald!«

Und noch lange sah man am Waldrand ein Haus im grauen Rohbau stehen, die fensterlosen Löcher mit Säcken zugehängt gegen den quer dahertreibenden Schnee.

Als für Noller das Totenglöckchen geläutet wurde, lehnte mein Vater bei seiner Morgenwäsche gekrümmt am Gussstein in unserer Küche. Er hatte noch das Nachthemd und die Hauspantoffeln an und deckte sich mit dem triefenden Waschlappen, in dem seine Hand stak, das Gesicht zu.

Achtes Kapitel

Einen schwierigen Tag durchlebte der Fernsehgast, wenn bei uns daheim geschlachtet wurde. Der Schlachttag fiel immer auf den letzten Samstag vor Weihnachten. Er war ein Kalenderzwitter, halb Arbeits-, halb Festtag, und gehörte genau wie der Sonntag nicht zur neuen Zeit. Der Fortschritt und das Bauchhöhlengefühl des Fortschritts, die Angst, waren für ein paar Stunden auf Urlaub geschickt. Für den Fernsehgast konnte der Schlachttag, richtig genutzt, zum Glückstag werden.

Bei Tagesanbruch rissen der Metzger und seine Gehilfen, darunter mein Vater, das Schwein aus dem Schlaf. Von meinen Schlachttagshoffnungen frühzeitig geweckt, musste ich mich unter der Bettdecke verkriechen, wenn ich seine Schreie nicht hören wollte. Oft hatte ich das Schwein auf der Wiese ausgeführt. Beim Füttern war es mit seinen Vorderfüßen in den Trog gestiegen, aus dem es gefressen hatte. Seine Augen hatten dabei zwischen den nach vorn schlappenden Ohren aufgeblitzt. Wie schreckbereit es allezeit gewesen war: eine sanfte Berührung, und alles an ihm war mit einem Grunzlaut zusammengezuckt. Manchmal hatte es schnarchelnd im Stroh gelegen. Von jetzt an würde das Schwein nie wieder schlafen, fressen, spazieren gehen. Es lebte noch, war aber schon beinah »perdü«, wie mein Großvater sagte. Unheimlich, wie um einen herum die Dinge verschwanden und verloren gingen, kaum dass man sich mit ihnen vertraut gemacht hatte. Schon wenig später: nur noch eine offene Stalltür, nur noch erkaltetes Stroh und auf dem Mist ein Haufen dampfenden Darminhalts, auf den sich schackernd die Elstern stürzten. Wie langsam verging die Zeit, aber wie schnell war sie vergangen!

Zwar drang unter der Bettdecke nichts an mein Ohr, doch alles drängte sich sichtbar vor mir zusammen: wie das Tier im lilafarbenen Morgendämmer durch den aufstiebenden Schnee geschleift wurde; wie zwei Männer, vermummt, ihm einen Weidenkorb über Augen und Ohren stülpten, um es auf seinem Todesweg besser gängeln zu können; wie ein Dritter es an einem Strick, der um ein Vorderbein gebunden war, voranzerrte; und ich sah auch den Vierten, meinen Vater, der es mit dem eisernen Schlinggriff seiner in einem Fäustling steckenden Hand am Ringelschwanz fortzog. Man musste nur ein einziges Mal bei einem solchen Ereignis dabei gewesen sein, und sei es aus blöder Neugier, schon war man künftig immer dabei. Unter der Pein der unerwünschten Bilder rollte ich mich in der dunklen Betthöhle noch zur Kugel zusammen und klemmte den Kopf zwischen die Knie. Aber die Bilder wollten, im Unterschied zu den Dingen, nicht vergehen. Das mochte der Fluch des unentwegten, allzu gut trainierten Bildersuchers sein! Mit der Zeit fand er seine Bilder blind und selbst dort, wo vor lauter Nacht überhaupt keine zu sehen waren; oder fanden die Bilder ihn?

Gegen Mittag betrat der amtliche Fleischbeschauer das Haus, schob ein Stückchen von der toten Sau unter sein

Mikroskop und sagte, das Tier sei kerngesund. Er goss ein paar Schnäpse in seinen hoch zur Zimmerdecke ausgefahrenen Hals und torkelte wenig später ins Freie, um den beiden Schweinehälften, die an der Hauswand lang gestreckt vom Balken hingen und von denen mit Wasser vermischtes Blut tropfte, seinen Essbarkeitsstempel aufzudrücken. Die Fleischhälften wurden zeitweise von mir bewacht, sie mussten gegen Hunde, Katzen und Vögel verteidigt werden, die rings im Halbkreis lauerten. In der rechten, der Wurfhand, hielt ich drohend einen Schneeball, aus meiner Linken aber flog hin und wieder kaum merklich ein Bätzchen Fett oder Fleisch in die Runde; unter allen, nicht nur unter den Menschen, sollten die Reichtümer dieses Tages aufgeteilt werden.

Mehr hatte ich beim Schlachten nicht zu tun. Nie verlangten meine Eltern oder Großeltern von mir, bei der eigentlichen Blutarbeit zu helfen. Auch unterm Jahr blieb ich von mancherlei Tätigkeit verschont. Zwar gehörte es noch zu meinen Pflichten, in unserem Garten das Obst aufzulesen und auch bei der Ernte von Gras, Heu oder Öhmd den Erwachsenen beizustehen oder die Tiere in ihren Ställen zu füttern und die Ställe zu reinigen. Doch einen Obstbaum pflanzen, ihn pflegen und fällen, eine Wiese mit der Sense abmähen oder ein Huhn mit dem Handbeil köpfen, obwohl es um sein Leben schrie, das musste ich nicht.

»Nie mehr wird er *das* brauchen – er darf lernen!«, riefen sie im Chor und warfen vor Übermut den Kopf in den Nacken.

Um die Kaffeezeit setzte sich der Metzger an den Tisch der großelterlichen Küche, um seinen Schussapparat zu zerlegen, zu ölen und wieder schussbereit zu machen. Der

Apparat sah aber gar nicht aus wie eine Waffe, sondern wie eine Fahrradpumpe. Nachdem der Metzger ihn mit einem Tuch poliert hatte, ließ er ihn ohne den tödlichen Bolzen wie zur Probe ins Leere schnappen.

»Jaawoll!«, sagte er.

Unser Metzger hieß Eugen, wurde aber von fast allen nur Euguss gerufen. Wenn er uns abends verließ und die Dorfstraße hinunterging, konnte man noch eine Weile das Schlachtwerkzeug in seinem Rucksack lärmen hören. Ich sah es dann auch wieder vor mir: die Messer, die Schaber, die Haken – so rostfrei und matt; stille, unscheinbare Dinge, denen man ihre Gewalt nicht ansah, die aber sehr laut werden konnten. Am Küchentisch meiner Großeltern lobte Euguss mit raumfüllender Predigerstimme das Schwein an und für sich: stark wie ein Pferd, schlau wie ein Fuchs, halsstarrig wie ein Mensch, so sei es. In der Not könne es sich von Baumrinde, Asche und toten Katzen ernähren. Zähne wie eine Motorsäge! Noch den letzten Dreck verwandle es in feines, zartes rosa Fleisch. Eine Gottesgabe! Ein Himmelsgeschenk! Doch Euguss benannte auch die Schmach des Schweins: In seine eigenen Gedärme werde es gewickelt, bevor der Mensch, dieser Allesfresser, es vertilge. Welch ein Schicksal! Doch der Bolzentöter – ein Segen für jede Sau. Wunderbar arbeite der: schnell, sauber und *zack*!

Vom frühen Nachmittag an trafen Gäste bei uns ein, gebetene und ungebetene, ein jeder der leibhaftige Kohldampf. Auch Tante Irmtraud aus der nahen Kreisstadt besuchte uns an diesem Tag alljährlich. Sie roch nach Parfüm und verwirrte den am Tisch sitzenden, seine Waffe prüfenden Metzger, der beim Atmen immer heftiger durch die Nase pfiff, seit sie anwesend war. Darauf trat Tante Irmtraud geschmeichelt an den Herd und versalzte meiner Großmutter das bereits fertig gewürzte Kraut. Einmal glitt sie auf dem fettschmierigen Boden aus und verstauchte sich den Knöchel. Wimmernd warf sie sich in den Sessel meines Großvaters, entblößte ihr Bein und streckte es weit von sich, so als wolle sie nichts mehr mit ihm zu tun haben. Der Metzger untersuchte das Bein von Tante Irmtraud und empfahl kalte Wickel. Andere ermunterten Euguss zu einer blutigen Lösung. Es wurde gelacht und gerülpst. Man saß zusehends enger und rieb sich aneinander. Die Menschen schwitzten, und auch die Dinge schienen an diesem Tag vor lauter Einzigartigkeit zu schwitzen.

Die Sauerkrautschüssel, aus der meine Großmutter wie jedes Jahr eine pissduftige Schweineniere gefischt und mir auf den Teller gelegt hatte, wurde wieder und wieder bis auf den Grund geleert. Die andere Niere hatte zu Mittag mein Vater verspeist. Ich lernte: Ein Schwein hat zwei Nierchen, eins für den Vater, eins für den Sohn. Wundern konnte ich mich immer wieder nur darüber, dass Schweinenieren von derselben Farbe waren wie Schokoladenpudding und doch mit viel Salz und noch mehr Brot gegessen werden mussten.

Auf das Kesselfleisch sowie die frische Blut- und Leberwurst tranken alle Gäste Kaffee und Schnaps. Auch Wein wurde gefordert. Immer mehr Kerzen brannten auf dem Tisch. In ihren Flämmchen knisterte das Fett, das die Küchenluft schwängerte und sich überall, auf den Möbeln, den Fliesen, den Bodendielen, als stumpf glänzender Film niederschlug. Tabaknebel wallten unter der Zimmerdecke im winterlich spärlichen Mittagslicht. Dem Geruch, der bis zum

Rauchbeginn alle anderen Gerüche übertroffen hatte, verlieh meine Großmutter schwärmerisch den Namen »Kardamom«, wodurch es im Raum schlagartig heller zu werden schien. Die Tischrunde sang:

Es reimt sich trefflich:
Wein und Schwein,
und passt sich köstlich:
Wurst und Durst,
Bei Würsten gilt's zu bürsten.

Der Schlachttag war wie ein Karussell, das sich immer rascher im Kreis drehte. Aus dem Schlachtkesseldunst, dick und zäh wie unser Talnebel, der sich nicht nur im Winter auf Brust und Augen legte, traten Gesichter und Gliedmaßen hervor und gingen wieder in ihm unter. Man konnte im Dunst zugleich überall und nirgends sein. Das schätzten drunten in der Schlachtküche anscheinend auch die Mädchen aus der Nachbarschaft und ließen sich willig von ihm einhüllen. So wusste man nie genau, welches von ihnen da aufkreischte oder aufjauchzte, weil einer der Metzgerburschen ihm mit nasskalter, rot gedunsener Hand zwischen die Schenkel fuhr; ein guter Seher sah aber allerhand. Das Gerangel endete erst, als mitten hinein in den Dampf eine noch nicht annähernd ausgereifte Stimme rief:

»Achtung! Der Herr Pfarrer!!«

Es war die Stimme des Fernsehgasts, und sie versagte nicht. Im Nu fegte sie alle Mädchenwesen, die vereiteln wollten, dass ich mich konzentrierte, zur Schlachtküche hinaus. »Kon-zen-tra-tion«, ein Befehls- und Zauberwort meines Vaters sowie der neuen Zeit, das sich auch der Fernsehgast häufig und im väterlichen Hackrhythmus vorsagte. Gleich nach der Rückkehr des Metzgers aus der Kaffeepause würden nämlich die entscheidenden Stunden des Tages anbrechen: Die Metzelsuppe musste ausgetragen werden. Nur die Armen und Ärmsten im Dorf erhielten von diesem graubraunen, fettigen Sud, der den Schlachtkessel bis obenhin füllte und zuvor nichts als dünnes, durchsichtiges Leitungswasser gewesen war, bis die Würste und Blunzen darin gekocht wurden. Auch der Rüssel, der Schwanz und die Ohren des Schweins schwammen in der Brühe und tauchten abwechselnd auf, wenn der Metzger mit einem Stab darin rührte.

Mein Großvater, dem es vor Fett grauste, nannte die Suppe, weil die Fettaugen an ihrer Oberfläche kaum voneinander zu unterscheiden waren und zu einem einzigen Riesenfettauge verflossen, »die einäugige Brühe«. Eine Tasse von ihr, mit Wasser gestreckt, ergab immer noch mindestens zwei oder drei Teller krafttrüber Suppe. Behutsam schöpfte der Metzger die Einäugige in eine blau und schwarz gesprenkelte Emailkanne mit Holzgriff, die unterm Jahr zum Milchholen diente. Er achtete darauf, dass beim Einfüllen kein Tropfen vergeudet wurde, und mir schien manchmal sogar, als flüstere er dabei Grüße, gute Wünsche oder Segenssprüche für die Empfänger; insgeheim schloss ich mich in seine Glücks- und Segenswünsche ein. Ebenso feierlich war unser Metzger bei der Sache, wenn er das Wurstbrät würzte und kurz vor dem endgültigen Abschmecken mit Muskat und Pfeffer stand. Da befahl er uns allen, anzutreten, stippte ernst und feierlich seinen Zeigefinger in die kalte klebrige Fleischmasse, zog ihn brätbehaftet wieder heraus und presste ihn dem Ersten in der Reihe an die Lippen. Das wurde so lange wiederholt, bis alle gekostet und geurteilt hatten, und niemand weigerte sich, den immergleichen, von Mund zu Mund gehenden Metzgersfinger abzuschlecken.

In unserer Familie durfte jeder Erwachsene die gleiche Anzahl von Leuten bestimmen, denen von der Brühe jeweils eine Kanne ins Haus zu tragen war. Ich genoss dieses Recht nicht, weil mir noch das notwendige Verantwortungsgefühl fehle, wie es hieß, doch war ich immerhin berechtigt, Vorschläge zu machen. Zum Ausgleich für diese mindere Rolle durfte ich die Metzelsuppe zu Fuß im Dorf verteilen. Bis in den späten Abend hatte ich zwanzig Gänge und mehr zu erledigen. Mein Vater schickte mich mit der Kanne zu Leuten aus seiner Feuerwehrmannschaft. Meine Großmutter bedachte ihre Betstundenschwestern. Und mein Großvater erinnerte sich alljährlich an jene, die von Gott und der Welt vergessen waren: an die kleinwüchsige Uhren-Kätter und ihre außer beim Singen stotternde Schwester Emilie, aber auch an den alten Küfer, der nicht mehr redete, seit sein Sohn in der Kriegsgefangenschaft verhungert war, und den man vielleicht mit einem Liter von der Einäugigen wieder zum Sprechen bringen könnte. Meine Mutter sorgte aus dem Hintergrund dafür, dass es beim Austragen einigermaßen gerecht zuging. Manche Wahl, gleichgültig, wer sie traf, wurde aber so zeitlupenzögerlich oder so gewollt nebenbei getroffen, dass sie Verdacht erregte. Man ahnte, dass hier jemand keinesfalls verraten wolle, wer ihm wert und noch mehr lieb sei im Dorf. Auch andere führten also ihre stummen Ranglisten in Kopf oder Herz.

Doch die allerletzte Entscheidung, wem die Einäugige

ausgeschenkt wurde, lag bei mir. Denn nur ich allein war mit der Kanne in den Straßen unterwegs, die wehende Suppendampffahne hinter mir herziehend. Niemand überprüfte, wem ich von der Brühe abgab und wem nicht. Anscheinend wurde mir, dem Fernsehstromer, ausgerechnet bei dieser Tätigkeit getraut. Auch konnte sich im Dorf keiner beschweren, wenn der Sud ausblieb, denn niemand hatte ihn ja erwarten dürfen. Er traf ausschließlich als Geschenk und als Gabe ein. Falls jedoch die Eltern oder Großeltern hier und dort nachfragten, ob die Metzelsuppe gemundet habe, hier und dort aber gar keine Metzelsuppe eingetroffen war, dann müsste ich mich auf meine Vergesslichkeit berufen – oder dass ich auf Schnee und Eis gestürzt und die Kanne ausgelaufen sei. Von meiner Teilnahme an Schneeballschlachten schwieg ich besser, denn dabei war mir die Kanne einmal aus der Hand geschossen worden. Alle hatten gelacht. Nur mich hatte es erst verdutzt, dann in Schrecken versetzt, mit welcher Geschwindigkeit das noch heiße, flüssige Fett ein gelb gerändertes Loch in die reine weiße Schneedecke fraß. Seither schützte ich meine Kanne besser. Während einer Schneeballschlacht stellte ich sie hinter einem Baum oder einem Holzstoß ab, wo sie mit einem Wall aus Schnee und Eisbrocken umbaut wurde, der sie aufrecht hielt und in dem die Brühe schlimmstenfalls erkalten konnte. In dieser Burg wusste ich sie sicher. Aber selbst im ärgsten Getümmel spürte ich von weitem noch, wie die Kanne und ihr Inhalt mir Kraft verliehen – auch ohne dass ich davon aß: Ich buk härtere Schneebälle als sonst und warf sie auch härter; den Gegengeschossen wich ich wendiger und mit mehr Eleganz aus; Treffer, auch schwere, waren leichter zu ertragen. Doch vor allem schenkte die Kanne mir Zeit. Sie erlaubte mir zu verweilen, mit ihr an der Hand oder im Hintergrund musste ich niemals hasten und traf doch zeigerpünktlich ein.

Denn da, wo ich hinging, warteten nicht selten Fernsehgeräte auf mich; »warten« und »auf mich«, das waren diesmal genau die zutreffenden Worte. Mit der Kanne an der Hand konnte der Fernsehgast von niemandem abgewiesen werden. Die Kanne sagte mehr als alle Bettlerlitaneien. Es genügte, sie vorzuzeigen oder den schnuppernden Nasen entgegenzuschwingen. Nur selten musste den Beschenkten auch noch angedeutet werden, wie schwer es daheim gewesen war, sie als Empfänger der Metzelsuppe durchzusetzen. Die Fettbrühe schmierte die Bereitwilligkeit selbst der widerborstigsten Fernsehgastgeber. Man herzte den Fernsehgast in der Regel bereits auf der Schwelle. Eingeweihte deuteten ohne zu zögern an, ihm *seinen* Wunsch erfüllen zu wollen. Alles war heute auf ihn ausgerichtet und eingestellt. Selbst die Töchter eines Fernsehgastgebers, die ihn einmal mit einem losen Reißverschluss geschlagen und zerkratzt hatten, lächelten ihm ein Willkommen zu. Und mancher, den er noch nie besucht hatte und nur einmal auf die Probe stellen wollte, schien sich über ihn kundig gemacht zu haben und kannte sein Begehren. Wortlos und mit bloßem Augenzwinkern wurde der Fernsehgast trotz seiner nassen Stiefel vor den Fernseher geladen. Er durfte im besten Sessel Platz nehmen, und während seine Schuhe in der Zimmerwärme langsam abtropften, wurde er dafür gelobt, wie nett und angenehm er sei, wie hübsch er zu sitzen verstehe mit seinen übereinander geschlagenen Beinen in der winterlichen Keilhose und wie zierlich er sich in den Fernsehkasten versenke. Schon als ich eingetreten war, hatte der Apparat seinen Dienst getan. Jetzt erquickte er mich durch ein paar wenige Bilder, Szenen und Töne: ein Sprung aus den Wolken; eine Verfolgungsjagd; das schwarze Pferd, das mit den Hufen sprach; eine Schießerei oder ein Messerkämpfchen; denn auch der Fernsehgast sah den Leuten gelegentlich gerne beim Töten und Getötetwerden zu, vor allem wenn er so bei Kräften war und es ihn so wenig aufregte wie am Schlachttag.

Doch er musste bald wieder abziehen, zu Hause war noch viel von der Einäugigen im Kessel. Unter der Tür stellte er ein letztes Mal in Aussicht, wiederzukommen und länger zu bleiben – was an diesem Tag offenbar auch alle Welt von ihm hören wollte. Eine Menge neuer Fernsehgastgeber wurde so gewonnen, und die Fernsehgastgeberrangliste in seinem Kopf verlängerte sich wundersam – oder auch trügerisch. Ob die heute geschlossenen Pakte lange hielten? Über Weihnachten und Neujahr hinaus? Wieder auf der Straße, schmetterte der Fernsehgast seine leere Kanne zur Bekräftigung zweimal mit solcher Wucht gegen die Dachrinne, dass durch das ruhige Fernsehgasthaus ein blechernes Scheppern hinauffuhr bis unter den First und zum Schornstein wieder hinaus. Der Schlag hallte jedoch nicht nur durch das Haus, sondern auch durch das Dorf, und sofort begann irgendwo ein Hund zu bellen, ein zweiter folgte, und bald bellte es aus allen Himmelsrichtungen, worauf die Hähne zur Unzeit mit ihrem Kikeriki einfielen und das Vieh in den Ställen brüllte, als wolle es gemolken werden – alle angesteckt vom Fernsehgast und seiner in die Welt hinausgehämmerten Freude.

Meistens hielt ich mich genau an die Liste mit den Empfängern, auf die man sich daheim geeinigt hatte. Niemand wurde gestrichen, wenn es zu vermeiden war. Doch weshalb sollten Vater und Sohn Heilmann etwas von dem graubraunen Sud abkriegen? Weder galten sie mir als arm, noch verwehrten sie mir das Fernsehen. Wen es aber einmal bis ans Ende meiner Fernsehgastgeberrangliste verschlagen hatte, der durfte dort die auch mir vertraute Dreifachlektion des Wartens, Harrens und Schmorens lernen. Er käme wahrscheinlich erst an die Reihe, wenn der Kessel ausgeschöpft war, was keiner ärger bedauerte als unser Metzger Euguss, der seine Mission nun beenden oder zumindest aufschieben musste, die Menschen mit Schweinernem zu beglücken.

Auch sträubte sich alles in mir, Flamm, meinem treulosesten Fernsehgastgeber, von der Einäugigen zu bringen. Meine Mutter hatte ihm auf unserer Liste mit der Begründung Platz verschafft, dass er wieder arbeitslos geworden sei; doch ich kannte ihn durchaus auch als nutzlosen Bettverweiler. Allein aus Nachlässigkeit hatte Flamm sich um die Freude gebracht, die Metzelsuppe warm und ölig aus meiner Kanne in seine Schüssel schwappen zu sehen, wo sie ihr eines, einziges Auge langsam und schimmernd aufschlug. Flamm hätte mir, wie es bisweilen anderswo geschah, nichts dafür geben müssen, kein Fünfzigpfennig- und auch kein Kuchenstück. Ebenso wenig wäre es nötig gewesen, dass seine Frau zum Dank vor mich hinsank und mich küsste.

Ich hätte auch keineswegs die nach Rosen duftende Flüssigkeit gebraucht, mit der die Gastarbeiter aus der Sägewerksbaracke mich bespritzten, als ich ihnen meinen Sud unter die Nase hielt. Auf dem flachen Dach über ihnen erhob sich inzwischen eine zweite und sogar dritte Antenne, und es war Zeit geworden, sie endlich einmal aufzusuchen, obwohl ich keinen von ihnen mit Namen kannte. Im Dorf hieß es, dass sie beim Beten auf den Knien lägen und mit der Stirn den Boden berührten; angeblich beteten sie nur nach Osten, in unsere Himmelangstrichtung. Doch der Fernsehgast durfte nicht fremdenscheu sein. Er musste von Zeit zu Zeit neue Wege einschlagen. Mit der Brühe am ausgestreckten Arm konnte es gewagt werden. Doch mit welchem Geschrei, mit welch grimmigem Lachen hatten die fast schwarzhäutigen, schnauzbärtigen Männer seine dampfende Metzelsuppe abgewehrt! Mitsamt der Kanne war er wieder zur Tür hinausgedrückt und mit Parfüm besprengt worden, offenbar zum Trost für die harsche Abweisung. Er hatte kein Wort von ihrem Ausländisch verstanden, doch für einen Moment geglaubt, herauszuhören, dass ihre Sprache seine Sprache rückwärts gesprochen sei.

Im Fall Flamm hätte der Fernsehgast sich schon damit zufrieden gegeben, wenn das Paar ihn fest angeblickt und mit einem beschwörenden Kopfnicken glaubhaft seiner dauernden Fernsehgastfreundschaft versichert hätte; denn mit solchen Leuten richtete er seine Fernsehgastgeberliste am liebsten ein.

Die Brühe, auf die Flamm und seine Frau verzichten mussten, trug ich zwei Häuser weiter zu der Kriegerwitwe Nieder, die eigentlich keine Metzelsuppe essen durfte, weil sie krank war. Sie litt unter so genannten Koliken, und manchmal konnte man auf der Straße hören, wie sie in ihrem Bett vor Schmerzen schrie. Später, wenn der Anfall vorüber war, saß sie klein und gelblich bleich vor dem Haus in ihrem Blumengärtchen, ließ sich von der Sonne bescheinen und badete ihre Füße in einer Schüssel mit Wasser. Frau

Nieder zählte zu den Flüchtlingen im Dorf, lebte allein und war wirklich arm. Früher musste sie, irgendwo in einem himmelweit entfernten Preußen, eine reiche Landfrau und Bäuerin gewesen sein, denn zuweilen breitete sie die Arme aus, um die Unermesslichkeit ihres einstigen Besitzes anzudeuten, wobei sie rechts und links mit den Fingerspitzen fast die Wände ihrer engen Wohnung berührte.

Mein Vater wies abends mitunter zum Himmel hinauf und sagte:

»Schau! Der Mond ist ein Flüchtling, er hat einen Hof.«

Wenn Frau Nieder redete, rollte ihr das R derartig von der Zunge, dass man erwartete, es gleich als Glasmurmel aus ihrem Mund kullern zu sehen. Bis weit in die kalte Jahreszeit hinein lag sie, den Oberkörper und die verschränkten Arme auf ein Sofakissen gebettet, mehrmals am Tag im offenen Fenster. Vormittags lauerte sie dem Briefträger auf, nachmittags auch allen anderen. Wer mit ihr redete, tat es in jenem beschwichtigenden Singsang, in dem die Bauern mit aufgebrachten oder arbeitsunlustigen Tieren redeten. Ich konnte mich nicht mit mir darauf einigen, ob Frau Nieder alt oder jung war. Auch andere Frauen hingen tagsüber stundenlang am Fenster, das Paile Maile, die Kastnerin oder die dicke Otti Krickenberger. Doch sie alle blickten unbewegt und frei von Staunen auf die Welt und waren somit alte Frauen; denn nur alte Frauen konnten so gefasst, so abgekühlt bis auf die Knochen dem allgemeinen Menschentreiben beiwohnen. Frau Nieder hingegen schien von einer geheimen Kraft ans Fenster getrieben zu werden – und manchmal fast zum Fenster hinaus. Sie warf sich links und rechts so heftig gegen den Fensterrahmen, dass es im Holz krachte, ihr Busen ruckte und zuckte auf dem Kissen, und manchmal beugte sie sich bogenlampenartig auf die Straße hinaus, als wolle sie noch vor dem kleinsten Passanten einen Diener machen. Doch war sie deshalb jung?

In Frau Nieders Wohnung hing an der Wand ein Foto ihres Mannes. Das Bild war nicht gerahmt, sondern nur oben mit einer Stecknadel oder Reißzwecke an der Tapete befestigt. Es rollte sich von unten her auf. Herr Nieder trug eine Uniform. Er war nicht aus dem Krieg heimgekehrt und galt als vermisst. Doch das konnte mehrerlei heißen: Vielleicht wurde er in einem fernen Kriegsgefangenenlager festgehalten, das aus lauter Eis- und Schneehäuschen bestand; oder er irrte durch fremde Erdteile und suchte einen Heimweg, ohne zu wissen, dass seine Frau von daheim geflohen und er zu einem falschen Ziel unterwegs war. Die Geschichte eines solchen Mannes war noch nicht lange im Fernsehen gezeigt worden, in Fortsetzungen jeweils um die Zeit des Abendessens, also wenn ich zu Hause am unabkömmlichsten war. Der Mann hatte andauernd Hunger gehabt, gegen Wölfe gekämpft und so sehr gefroren, dass er sich mit den Händen wie panisch gegen Brust und Oberarme schlug und ihm der Bart vereiste. Seine Füße steckten in durchlöcherten Stiefeln, die Putzlappen ähnelten. Die Fußstapfen, die er hinterließ, wurden vom Schneewind sofort wieder zugeweht. Bei einem kurzen Fernsehstreifzug war es mir aber doch gelungen, wenigstens ein paar Bilder zu erbeuten, vor allem von seinen Füßen, diesen rennenden, stolpernden, gleitenden, das ganze Fernsehbild einnehmenden Füßen, denen man so sehr das Heimweh angesehen hatte.

Frau Nieder hörte an ihrem Fenster oft, dass auch ihr

Mann gewiss noch am Leben sei und er seine Gattin selbst in unserem abgeschiedenen Weltwinkel wiederfinden werde. Aber kaum waren ihre Gesprächspartner weitergegangen, schüttelten sie die Köpfe und nannten die Frau hart und endgültig: Kriegerwitwe. Wer jetzt noch wartete, war dumm; wer jetzt noch heimkehrte, nicht mehr willkommen.

Zu mir hatte Frau Nieder bereits im Herbst gesagt:

»Bubchen, wenn ihr schlacht', bring mir von der juten Suppe, ich will mir jeheerig die Wampe drin baden! Darfst auch fein Glotze kucken.«

Glotze, dieses Wort kannte ich nur aus dem Mund meiner Eltern sowie anderer Fernsehhasser und -verbieter. Ein Fernsehapparat glotzte aber nur, wenn er ab-, nicht wenn er angedreht war. Trotzdem, Frau Nieder hatte mir ein Versprechen gegeben wie sonst noch niemand. Der Fernsehgast hätte ihr darauf am liebsten mit einem Satz geantwortet, den er dauerhaft in sich aufgenommen, aber noch nie verwendet hatte:

»*Mäddemm*, würden Sie das auch vor Zeugen wiederholen?«

Das schien ihm einer der machtvollsten aus Menschenmund möglichen Sätze zu sein. Sobald dieser Satz auch nur gedacht oder lautlos gesprochen wurde, fühlte man sich heimatberechtigter in der Welt. Wer ihn im richtigen Augenblick aufsagen konnte, war selbst den Erwachsenen und ihren spitzigen, mit Widerhaken versehenen Worten nicht mehr so ausgeliefert. Keiner unserer angestammten Sätze war derart schlagfertig wie dieser Fernsehsatz. Ich ahnte jedoch, dass er auch wie eine Frechheit einschlagen konnte. Darum kam es mir nützlich vor, Frau Nieder sparsam und demütig und mit einem angedeuteten Freudenstottern auf ihr Angebot zu erwidern; ich sagte:

»Da-danke!«

Die Brühe, die ich ihr jetzt verschaffte, schien mir für das von ihr gewünschte Bad bestens geeignet. Sie war weit oben im Kessel abgeschöpft, denn sie sollte Flamm zugehen, der weit oben auf unsere Empfängerliste gesetzt worden war, weil er angeblich darbte. Wie eine Handbreit Gelee oder wie Froschlaich schwabbelte das Fett im Kannenhals. Es würde Frau Nieder den Himmel auf Erden bereiten – und anschließend womöglich die Hölle im Bauch. Für mich war das ein Anlass zur Sorge; denn wenn meine Metzelsuppe sofort aufgezehrt wurde, was bei Frau Nieder wahrscheinlich war, so konnte eine zu früh ausbrechende Kolik mein Fernseherlebnis stören, vielleicht sogar zerstören. Darüber vergaß ich eine andere Gefahr, die von der Kriegerwitwe ausging, eine weit üblere. Denn fast immer, wenn ich sie besuchte, wollte sie mich an Stelle eines Enkels, der ihr fehlte oder den sie verloren hatte, einbehalten. Deshalb wechselte ich bei meinen Fernsehbesuchen öfter den Sitzplatz, um den Abstand zu der unberechenbaren, sich unentwegt anschleichenden Frau nicht zu verringern. Zeitweise machte ich wochenlang einen Bogen um Frau Nieders Haus, weil meine Furcht überhand genommen hatte, von ihr in den Keller gesperrt, gefangen gehalten und nach Bedarf als Schmusebalg hervorgeholt zu werden. Aber daran dachte ich, einmal von ihrem Versprechen benebelt, keine Sekunde.

Auf dem Tisch, augenscheinlich Arbeits- und Esstisch in einem, war eine Maschine aufgestellt, wie ich sie aus anderen Fernsehgasthäusern kannte: eine Strick- oder Knüpfmaschine, an der die im Dorf verbreitete Heimarbeit verrichtet wurde. Bei Frau Nieder liefen überall und in allen Farben dicke und dünne Woll- und Zwirnsfäden durchs Zimmer, teils in Knöchel-, teils in Knie-, teils in Hüfthöhe. Sie verwirrten sich hier, knäuelten dort, und man musste sehr Acht geben, sich nicht in ihnen zu verfangen. Als ich mit der einäugigen Brühe bei der Kriegerwitwe eintrat – es hatte genügt, sanft anzuklopfen; wer Gutes bringt, wird leichter gehört –, schob sie sogleich die Maschine beiseite, hob die von mir überreichte Kanne feierlich auf den Tisch, umfasste sie mit den Händen, grad als wolle sie sich daran wärmen oder sie gleich bis auf den Grund aussaufen.

Frau Nieders Schmerzensschreie kannte ich bereits, jetzt lernte ich auch ihre Wohllaute kennen. Sie sang, mit verliebtem Blick in die Kannenöffnung, ein Lied, allerdings eins ohne Worte. Statt der Worte waren vor allem Schmatzlaute zu hören, erzeugt mit einem noch leeren Mund, der sich auf Füllung freute. Aber da gab es auch Schnalz-, Pfeif- und Rumpeltöne, die teils aus dem Magen aufsteigen mochten. Alles in allem verstießen diese Geräusche jedoch nie gegen den Lauf der Melodie. Das Lied erinnerte an ein Heimatlied. Da ihm die Worte fehlten, konnte man nicht wissen, zu welchem Land es gehörte. Es war wohl das Heimatlied des Niederschen Niemandslands; mit ihm wurde die Einäugige willkommen geheißen.

Frau Nieder erhob sich und schüttete den Sud mit starkem Schwall in einen Topf, der auf einem Zwei-Platten-Herdchen in der Ecke stand. Ausholend wie ein Dirigent, streute sie eine Menge streichholzlanger Suppennudeln hinterher, desgleichen Salz und Pfeffer, und deckte den Tisch.

Sie legte zwei Gedecke auf, so dass ich mich fragte, ob ich denn mitessen sollte. Fernsehen wollte ich, nicht essen. Also schaute ich Frau Nieder aufdringlich und aus einer krummen, absichtlich ungemütlichen Sitzhaltung bei ihren Verrichtungen zu. Sie musste von selbst begreifen, dass sie es bis zu dieser Minute versäumt hatte, ihren Fernsehapparat für mich aufleuchten zu lassen. An ein gegebenes Versprechen konnte man den Geber nicht erinnern, denn sonst war es kein Versprechen mehr.

»Bubchen, Bubchen!«, sagte Frau Nieder voller Freude, aber ohne den Blick auf mich zu richten. Laut wünschte ich ihr die gesegnete Mahlzeit, die sie verdiente.

Der erste Teller wurde ausgelöffelt. Kaum war er geleert, folgte der zweite. Unverdünnt wurde der schwartendicke Sud von der Kriegerwitwe eingesogen, so rein, wie er vom Schwein kam. In den anderen Teller, vor dem niemand saß, neben dem aber ein Löffel lag, hatte Frau Nieder nichts geschöpft, es konnte also nicht mein Teller sein. Im Zimmer breitete sich süß und schweinern der Duft unserer Schlachtküche aus. Dennoch dachte die Kriegerwitwe nicht daran, ihren Fernseher einzuschalten. Fortgesetzt tat sie nur das eine: Sie brach ihr Versprechen. Und mit jedem Schluck, der sich von meiner Brühe in ihren Hals ergoss, ohne dass der Fernseher sein Licht aussenden durfte, brach sie es einmal mehr.

Drei randvolle Teller hatte sie inzwischen ausgeschlürft und überdies abgeschleckt und ausgekratzt. Doch je mehr sie aß, desto hungriger schien sie zu werden. Kaum war die Suppe aus dem Topf, fächelte sie mit der Hand den Schweinesuppenduft ihrer vorgestreckten Nase zu. Bei jedem Löffel, den sie zum Mund hob, spitzte sie die Lippen, als wolle sie die Einäugige küssen. War er wieder leer und die Brühe geschluckt, lauschte sie erwartungsvoll und geschmäcklerisch in sich hinein. Dabei sah ich, und ich hatte ja sonst nichts zu tun, dass ihre Lippen blass und blässer wurden – ähnlich wie bei Tante Irmtraud, wenn ihr beim Schlachttagsmahl das Fett mit der Zeit den Lippenstift wegwusch, um auf ihrem Mund seinen eigenen Glanz zu hinterlassen.

Aber schminkte sich die Kriegerwitwe denn überhaupt? Für wen auch! Ich nahm an, dass ihre Lippen deswegen erbleichten, weil sich in ihr eine Kolik anbahnte. Sie schien es ebenfalls zu spüren, denn auf einmal beendete sie die Mahlzeit, legte oder schleuderte den Löffel aus der Hand und faltete über dem verschmierten Teller die Hände. Ob sie betete? Zum Dank für die Mahlzeit? Über ihre ineinander geschlungenen Hände hinweg sah Frau Nieder zu mir herüber, blickte aber ins Leere. In ihrem Bauch gluckerte und gurgelte es. Die Suppe wirkte. Ein Mensch, der solche Schöpfmengen einäugigen Suds in sich hineingetrunken hatte, würde bald bessere Gründe haben zu beten als die Dankbarkeit. Schläfrig oder schon halb betäubt fuhr Frau Nieder sich mit einer trägen Zunge über die Lippen und blinzelte zu ihrem Mann in der Uniform hinauf.

Doch plötzlich verzog sie den Mund zu einem Lächeln, schlug auf den Tisch und rief:

»Gott, Bubchen-nein! Dir hab ich verjessen!«

Sie wollte aufstehen, plumpste aber mit einem Ausruf der Überraschung auf ihren Stuhl zurück. Auch beim zweiten Versuch reichten ihre Kräfte nicht aus, den suppenprallen Leib hochzustemmen und aufrecht zu halten. So kam es, dass aus ihrem Mund Worte an mich ergingen, wie mein Ohr sie noch nie gehört und wie noch nie ein Fernsehgastgeber sie an mich gerichtet hatte, nämlich:

Ich solle selber einschalten.

Ich? Ich.

Und selber.

Ich selbst und …

… von ganz alleine.

Klang das nicht wie *von und zu*?

Ich, das war von nun an ein Selbst-Einschalter.

Und Einschalten, das war der Händedruck mit der neuen Zeit.

Die Kriegerwitwe, schlaff über ihrem Stuhl hängend, leitete mich bei meiner ersten Selbst-Einschaltung an. Zuerst wollte sie die fünf ausgestreckten Finger meiner Hand sehen. Ich reckte sie gespreizt in die Höhe, und Frau Nieder bestimmte, nachdem sie alle durchgezählt und für vollständig erklärt hatte, meinen Zeigefinger zum Ausführenden. Er musste steif gemacht und mit der Kuppe auf die äußere linke Taste des Fernsehers gelegt werden, die neben etlichen anderen Tasten in einer Holzleiste unter dem Bildschirm eingelassen war und an einen gelbbraunen Tier- oder Menschenzahn erinnerte.

»Und nu drückste!«, rief die Kriegerwitwe.

Mit einem Geräusch, wie die Sprungfedern eines Sofas es von sich gaben, wenn man sich darauf setzte, versank die Taste – doch sie versank viel tiefer, als ich erwartet hatte, so dass ich erschrak und meinen Finger hastig zurückzog, wie aus einer zufallenden Tür. Doch so hatte die Taste noch nicht einrasten können, und der Fernseher erhielt keinen Strom.

Erst beim zweiten Mal, zu dem ich von Frau Nieder sogleich ermutigt wurde, blieb die Taste unten hängen, und mein Zeigefinger kehrte unversehrt aus dem Tastenloch zurück. Noch eine schöne Weile bewahrte er das Gefühl, diese Fernseheinschalttaste gedrückt und den Fernseher eingeschaltet zu haben. Denn der Apparat gehorchte! Nach der üblichen Aufwärmphase fing er zu brummen an, und mehrmals knackte es wie lebendig im gemaserten Holz seiner Umrahmung. Schließlich, nach wenig mehr als einer Minute, traten die Bilder aus dem Dunkel, bleich und wacklig wie Leute, die gerade aus dem Schlaf gerissen und an die Luft gescheucht wurden. Doch bald erfüllte gleißendes Fernsehlicht den Raum und verlieh dem Aussehen der Kriegerwitwe und vermutlich auch meinem eigenen einen Stich ins Giftig-Bläuliche. Kein anderer als ich, der Fernsehgast, hatte dieses Licht eigenfingrig aus dem Fernsehkasten hervorgelockt. Niemand würde diese Bewegung wieder aus meinem Leben fortnehmen können, allen in meiner Familie hatte ich ihn auf ewig voraus.

Nachrichten wurden gesendet. Sie hatten mir nichts zu bieten. Wellenförmig flimmerten sie über den Schirm, wie Regen, der über eine Fensterscheibe rinnt. Der bürstenhaarige, brillentragende Sprecher sprach seine Botschaften so unbesorgt, ja schläfrig oder übersättigt, dass sie nicht im Mindesten bedrohlich wirkten. Nachrichten gesendet, Zeit verschwendet – an Tagen wie diesem mussten die Sprichwörter erfunden worden sein. Außerdem wartete daheim der Schlachtbrühkessel und wollte vollends leer geschöpft werden. Euguss der Metzger wünschte mich zurück. Auch für den Kannenträger gab es weitere lohnende Ziele. Doch ein paar Minuten blieben mir noch. Dann würde dieses eigentümliche Fernsehgastspiel, das die Metzelsuppe mir beschert hatte, vorüber sein. Viel ferngesehen hatte ich zwar nicht, aber Fortschritte gemacht, und zwar in eine unvermutete Richtung: Der Fernsehgast hatte an Unabhängigkeit hinzugewonnen – nicht vom Fernseher, aber vom Fernsehgastgeber. Er schien nun das volle Vertrauen von Frau Nieder, der Fernsehkriegerwitwe, zu besitzen. Was mit ihm also in Kürze aus diesem Haus fortgehen würde, war die Hoffnung, wiederkehren und unbeschwert einsitzen zu dürfen – vielleicht sogar mit dem Recht eigenmächtigen Einschaltens auch in Zukunft. Im Hintergrund war Frau Nieder zu hören, wie sie das Geschirr abräumte und zu spülen begann. Trällerte sie nicht? Das Spülwasser rauschte im Gleichklang mit den Nachrichten. Auch meine dienstbare, blau und schwarz gesprenkelte Metzelsuppenkanne wurde ausgeschwenkt; an ihrem ureigenen Scheppergeräusch war sie zu erkennen. Endlich trat der Nachrichtensprecher mit einem Tusch ab.

Da spürte ich auf meiner Schulter eine Hand. Nicht zupackend, sondern zärtlich suchend. Doch die Hand war nur der krabbelige Vorbote, ihr folgte schnell der Arm und dann die Kriegerwitwe. Schon rutschte sie über die Lehne des Sessels, in dem ich saß, zu mir herab, flinker und geschickter, als ich es für möglich gehalten hätte. Breit nahm sie Platz, mehr auf mir als bei mir, umfing meinen Oberkörper mit ihren dicken weißen Armen, strich mir durch das Haar, drückte mich an ihre Brust und küsste mich mit fettglänzenden Lippen auf Stirn und Wangen. Dabei weinte sie. Oder es weinte aus ihr. An sie gepresst, war ich jener Stelle ganz nah, aus der das Weinen quoll. Frau Nieders Tränen tropften auf mein Gesicht herab. Ihr Speichel, ihr Schweiß waren zu riechen. Nach kurzem Sträuben ergab ich mich in die Umarmung und versuchte, so bieg- und schmiegsam wie möglich zu sein, um nicht noch härter gepresst zu werden. Gelegentlich konnte ich durch die Achselhöhle der Kriegerwitwe direkt in das Fernsehgerät schauen.

Irgendwann würde Frau Nieder seufzen und mich aus ihrer Liebkosung freigeben. Bisher war ich ihr immer entkommen, auch wenn sie noch so oft geschworen hatte, mich dieses Mal gewiss nicht wieder fortzulassen. Zum Schluss zog sie mir immer einen neuen Scheitel und tupfte oder wischte ihre Tränen mit dem Taschentuch erst von ihrem, dann von meinem Gesicht.

Das Telefon klingelte. Nein, es läutete. Noch nie war ich einem Telefon so nahe gewesen. Aber nur aus der Nähe war zu hören, dass sein Klingeln ein Läuten war, dem Glockenklang verwandt. Süß, weich und liedhaft schwang es durch das Zimmer und hallte bis fast zum nächsten Läutton nach. Ein Stimmungsverwandlungston, wie er auch aus den Alarmmeldern der Weckerlinie kam, nur eben, dass dieser hier mild stimmte und zum Verweilen, zum Versinken einlud.

Frau Nieder gehörte in unserem Dorf zu der wachsenden Zahl von Leuten, die nicht länger ohne Telefon leben wollten. Bei ihr stand es draußen im Hausgang auf einer Kommode in Wartestellung und hatte, nicht allein weil es schwarz war, sondern so geschwungen und schwerfällig elegant aussah, selbst etwas Witwenhaftes. Die erstaunliche Frau Nieder besaß nicht nur einen Fernseh-, sondern ebenso einen Fernsprechapparat. All ihre Geräte waren immer für sie da. Auch das Radio hatte sie oft angeschaltet, mal leiser, mal lauter als den Fernseher, und das Licht brannte in einem fort. Ununterbrochen konnte man von draußen Licht im Fenster von Frau Nieder sehen. Vermutlich brannte es, wie das Licht eines Leuchtturms, auch in der Nacht. Hinter ihrer Strick- oder Knüpfmaschine sitzend, schien die Kriegerwitwe zu schwanken zwischen den beiden schallenden Geräten. Mal wandte sie ihre Aufmerksamkeit dem einen, mal dem anderen zu, so als erwarte sie jeden Augenblick eine nur an sie gerichtete, für sie ausgesandte Botschaft des Glücks oder des Unglücks und wisse nur noch nicht, aus welchem der Geräte diese Botschaft zu ihr drang. Auf ihre Arbeit blickte sie dabei nicht hinab, ihre Arbeit wurde von den Händen blind verrichtet.

Schon beim ersten Klingeln des Telefons stemmte sich die Kriegerwitwe aus unserem gemeinsamen Sessel hoch. Ich diente ihr als Abstützunterlage und konnte derartig mit ihr verbunden nur noch deutlicher spüren, wie das so angenehme Geräusch ihr durch den Leib fuhr und ihn aufpeitschte. Sie drehte sich mehrmals im Kreis – nach wie vor halb auf mir sitzend – und wusste nicht, wohin. Schließlich gelang es ihr doch, den richtigen Weg einzuschlagen, wobei sie sich in ihren eigenen Woll- und Zwirnsfäden verhedderte, die sie aber einfach, um nicht aufgehalten zu werden, durch stures Weitergehen zerfetzte. So strebte sie im Gespinst der Fäden dem Hausgang zu, wo das Telefon fast schon zum zehnten Mal schellte – und wohl nicht mehr viel öfter. Ihre Arme streckte die Kriegerwitwe wie nach einem Rettungsring aus; sie rief:

»Nicht auflejen! Nicht auflejen!«

Ich nutzte die Gelegenheit zur Flucht. Meine Metzelsuppenkanne riss ich mit mir fort. Bereits beim Sprung von Frau Nieders Treppe war die Kriegerwitwe aus meiner Fernsehgastgeberrangliste gestrichen. Ich hatte meine edelste Brühe an sie vergeben – nun, nachdem die Einäugige so unbedacht genossen worden war, würde sie Leiden verursachen, die sich mit einem Erblassen bereits ankündigten. Nachher brauchte ich nur noch einmal an dem Haus vorbeizugehen, und es wären Klagelaute aus dem Innern zu hören. Das Beenden der Beziehung zu einem Fernsehgastgeber war dem Abhaken verwandt. Man sah ihn fortan und sah ihn doch nicht mehr. Er war getilgt, erledigt und gelöscht, ein Toter auf Abruf, das schmerzte im Fall Nieder besonders, weil die Kriegerwitwe – worauf sonst ja noch niemand gekommen war – mir das Einschalten geschenkt hatte. Schon bald wollte ich mit Rührung an sie denken, jetzt aber noch nicht.

Ich schlitterte auf einer Rutschbahn, die andere Kinder angelegt hatten, über die vereiste Straße hin. Meine Lust, die Bahn mit den eisenverstärkten Spitzen meiner Winterstiefel zu zerhacken und anschließend mit Viehsalz zu bestreuen, um sie vollends unbrauchbar zu machen, war groß. Da ging über mir ein Fenster auf. Peter zeigte sich. Er war ein Gastarbeiter und der erste Ausländer unter den Bewohnern des alten und hinteren Dorfes, wo auch wir lebten. Angeblich hieß er anders, nämlich komplizierter, unaussprechlicher und fremdländischer, aber wir nannten ihn Peter. Auch von den Kindern durfte er folgenlos bei diesem falschen Vornamen gerufen und dazu noch geduzt werden. Nach Feierabend spielte Peter in seinem Zimmer stundenlang Gitarre und sang immer wieder im Kreis herum seine Heimwehlieder. Manchmal brach er ab, trat an sein lukenhaftes Fensterchen und rauchte, auf Bauchhöhe abgeschnitten wie ein Nachrichtensprecher oder eine Filmansagerin. Peter hatte ein randloses Hütchen auf dem Kopf, das er stets freundlich zückte oder zumindest antippte, wenn ich des Wegs kam. Er betrachtete mich aus zwei Metern Höhe von oben bis unten und entschied schließlich, in welchem Zustand ich sei; dabei war er weit und breit der Einzige, der auch meiner Schlechtigkeit etwas Gutes abgewinnen konnte; entweder er sagte:

»Heit' bisch prima-gute Kerle.«

Oder er sagte:

»Heit' bisch prima-schlechte Kerle.«

Auch diesmal erriet er mich richtig.

Neuntes Kapitel

Kaum war der junge Heilmann an diesem Sonntag – im Kalender rot, für mich mit schwarzem Trauerrand – türenschlagend aus dem Haus gestürmt, da drang wie ein verspäteter Paukenschlag der Filmmusik ein Poltern an mein Ohr. Es kam aus der Ecke hinter mir. Sanft erzitterte der Tisch. Ich rückte mit meinem Stuhl ein wenig nach vorn, gutwillig, um anzudeuten, dass ich mitdachte und nicht im Weg sein wollte – und selbstverständlich ohne den Blick vom Fernsehschirm abzuwenden. Das Auge ließ sich nicht so leicht abspenstig machen wie das Ohr, das schreckhaft war und jedes Geheimnis gleich lüften wollte, um sich wieder beruhigen zu dürfen. Was mir in den Gehörgang gedrungen war, klang, als wäre etwas Schweres auf den Tisch gefallen. Trotzdem, mein Auge dachte nicht daran, sich umzuschauen, obwohl das Ohr ihm dazu riet. Das Poltern war aus der Ecke des alten Heilmann gekommen. Ich setzte mich aufrecht. Doch hinter meinem Rücken blieb es still. Ich horchte auf das Klirren von Glas und Krug, das Anreißen eines Streichholzes, ein Husten, ein Räuspern, ein Knarren der Bank. Nichts. Ich war mit dem alten Heilmann allein im Zimmer. Ob das schlimmer war, als wenn auch der junge Heilmann noch bei uns gewesen wäre? Offenbar hatte mich der eine Heilmann vom anderen entlastet. Solange sie beide da waren, ging keiner von ihnen mich etwas an. Nichts in diesem Haus ging mich überhaupt etwas an. Ich war nur ein Gast, ein harmloser, fernsehender Besucher, der sonntags seinen Blick spazieren führte und ihn kurz hier hereinblitzen ließ in die Stube von zwei alten Freunden. Doch jetzt, allein mit dem Alten und mit dem Poltern aus seiner Ecke, ging plötzlich alles, was in diesem Zimmer geschah oder nicht geschah, mich an. Alles hier drinnen, grad so, als wäre es gegen mich aufgehetzt, zeigte auf mich, zielte auf mich – und schien auch verzweifelt auf mich zu hoffen. Mit einem Mal kam mir die Stube düsterer vor. Gezwinker fiel über meine fernsehgeeichten Augen her.

Ich rutschte auf die Vorderkante des Stuhls. Auf dem Sofa lagen die Zigaretten des jungen Heilmann. Er konnte also nicht lange fortbleiben. Aber wenn er auf den Sportplatz gegangen war, wo in diesem Augenblick auch ich hätte sein müssen, wenn das meinen Eltern gegebene Wort nicht von mir gebrochen worden wäre, dann könnte seine Abwesenheit noch eine Weile dauern. Vom Fußballspiel auf dem Sportplatz war noch nicht einmal die erste Halbzeit herum. Ich drehte den Kopf sacht nach rechts, dem Fenster zu. Draußen der dichte Baum ließ meinen Blick nicht hindurch. Doch dahinter war das helle, weiche, schmeichelnde Sommerlicht mit all seiner Wärme zu ahnen: ein einziger Vorwurf an mich, der sich selbst eingebunkert hatte. Sonst genoss ich meine Unauffindbarkeit in finsteren, namenlosen Höhlen, jetzt fürchtete ich, in einer von ihnen verschollen zu sein. Denn niemand wusste, wo ich war. Ich sah die Ecke des Tischs. Noch galt der Vorsatz: nur nicht nach hinten schauen. Ich bekam den Henkel des Krugs in den Blick. Es durfte nicht nach Neugier aussehen, falls es der alte Heilmann bemerkte. Ich sah eine Hand auf dem Wachstuch. Noch ein Dreh, ein Ruck – da lag er hingestreckt, Kopf und Brust über dem Tisch, das Gesicht auf der linken Wange, die Augen zugekniffen.

Der alte Heilmann sah aus, als kämpfe er mit dem Lachen. Sicher hatte er nur zum Spaß gepoltert und sich mit dem Gesicht auf den Tisch gelegt. Gleich hebt er den Kopf und fährt dich an. Oder er packt dich bei der Schulter. Eine Lehre für das allzu häufig Quartier nehmende Fernsehkind. Ein Scherz zu Erschreckungszwecken; ich hielt mich lachbereit. Man kannte ja diese verspielten, unberechenbaren, närrischen Greise! Schlagartig war ich zum Menschenkenner geworden und klammerte mich an Formeln, wie meine Großmutter sie im Streit mit meinem Großvater gebrauchte. Aber der alte Heilmann richtete sich nicht wieder auf. Er blieb liegen, mit der platt gedrückten, zum Auge hinaufgeschobenen linken Wange auf der Tischplatte. Der Spaß war verdorben. Mehr noch: *Jeder* Spaß war verdorben. Auch hatte ich schon zu lange hingeschaut. Meine linke Gesichtshälfte begann zu glühen, während die rechte eisig wurde – doch beide, eigenartig, fühlten sich gleichermaßen gelähmt an. Der rechte Arm des alten Heilmann lag steif über den Tisch ausgestreckt. Genau vor mir ruhte die Hand, vier Finger und ein dicker Stumpf mit rissiger Haut. An der linken Hand, die neben dem Kopf lag, fehlten Zeige- und Mittelfinger. Geblieben waren nur zwei Stümpfe von unterschiedlicher Länge. Aus einem wuchs ein Fingernagel, der kleine Wellen warf.

Mein Vater sprach manchmal auch vom alten Heilmann.

Er sagte, dass der alte Heilmann ein Leben lang Tag für Tag morgens um fünf mit dem Fahrrad zur Ziegelfabrik am Ende unseres Tals gefahren sei und abends um sechs über und über rot von Ziegelstaub wieder nach Hause. Mehrmals hatte der Feldschütz ihn schon beim Schwarzfischen in den Gemeindebächen erwischt. Starr und reglos vor Geduld saß der alte Heilmann, einen erloschenen Zigarettenstummel im Mund, dabei in einem Weidenbusch und streckte seinen Spazierstock umgedreht ins Wasser. Schwamm ein Fisch über die Stockkrümmung hin, wirbelte er ihn auf trockenen Boden, schlug ihn tot und ließ ihn, in Zeitungspapier gewickelt, in seiner Hosentasche verschwinden. Beim Gehen tröpfelten ihm aus dem Hosenbein Wasser und Fischblut auf den Schuh hinab. Der Feldschütz hatte bisher jedoch auf eine Bestrafung verzichtet, weil der alte Heilmann und sein Sohn schon ein Leben lang arme Leute waren. Immer wenn an ihrem Haus die Fensterläden zugezogen würden, so sagte mein Vater, dann flüstere die Nachbarschaft:

»Jetzt braten sie wieder Forellen, pfannenweis.«

Der Mund des alten Heilmann, knapp über dem Tischtuch, stand offen. Die Lippen waren ausgetrocknet, die Schnurrbarthaare versengt, vielleicht von der Hitze der Ziegelöfen. Nein, der alte Heilmann hatte nicht gepoltert, nur um mich zu seinem Vergnügen zu ängstigen. Rings roch es nach Schweiß, nach Rauch, nach Most. Draußen der helllichte Tag mit all seinen Farben und Freiheiten – für mich so fern wie der Mond und ebenso unerreichbar. Warum konnte ich in diesem Moment nicht im Wald sein oder auf einer Wiese und dort beim Spielen einen netten Anblick bieten, so dass die Erwachsenen, die vorüberkamen, mich am liebsten an Ort und Stelle zu ihrem Sohn erklärt hätten? Wie gern wäre ich nur für diesen einen Augenblick ein rechtes Kind gewesen und kein Fernsehstreuner. Auch ohne Spiegel sah ich an mir eine hässliche gallgrüne Aprilenreife, die nie eine rechte Blütezeit gesehen hatte. Ich ahnte, dass von diesem Sonntagsausflug etwas zurückbliebe, eine Scharte oder Schramme. Fortan gliche keine Zeit mehr meinen bisherigen Zeiten. Der heutige Tag, achtlos von mir vertan, bildete die Grenze zwischen meinem ersten *Davor* und *Danach*. Von nun an konnte auch ich, so wie der Großvater, mein *Niewieder* singen: nie wieder, nie wieder achtlos herum …

Die Nasenlöcher des alten Heilmann waren fast ganz mit schwarzen und grauen Härchen zugewuchert. Über der Schläfe schimmerte eine Narbe wie eine winzige Mondsichel. Mir war nach Weinen zu Mute. Aber dazu war ich zu trocken und wohl auch zu verhärtet. Ich hätte gern Mitleid geweckt. Oder gebetet. Doch die Gebetsverse verkeilten sich im Stau der Gedanken und gelangten nicht bis in den Mund. Der alte Heilmann war tot, höchstwahrscheinlich, gestorben an den Verstümmelungen, dem Most, dem Qualm, der seine Lungen füllte, den erschlagenen Fischen im blutigen Zeitungspapier, dem roten, heißen Ziegelstaub, der ihm jahraus, jahrein vom Wind in den Hals geweht worden war, der Fabrikbackofenhitze auf seiner Haut und an seinen drahtgrauen Haaren. Ich blickte auf den vor mir liegenden Rücken. Er hätte sich heben und senken müssen, wenn der alte Heilmann noch atmete, noch lebte. Vielleicht war es besser für ihn, wenn er tot war. Erlöst, für immer ohne Qual. Doch was hieß: für immer? Eine Frage, die sich mir schon länger stellte. Um sie beantworten zu können, dachte ich oft an einen Stein, der durch einen Schacht nach unten fiel – und fiel und fiel und fiel, ohne anzukommen und aufzuschlagen. Das unaufhörliche Fallen dieses Steins in ein bodenloses Unten, diesen Sturz von Ewigkeit zu Ewigkeit, stellte ich mir so lange vor, bis mir davon bang wurde und ich die herbeigerufene Einbildung wieder loswerden wollte; meistens, vor allem nachts im Bett, ließ sie sich keine zwei Minuten aushalten. Doch so erging es mir oft: Bei dem Versuch, einen schwierigen Gedanken zu fassen, rief ich aus Versehen ein Gefühl wach, das ihn in die Flucht schlug.

Von meinem Vater wusste ich, wie man herausfand, ob einer noch am Leben sei oder nicht. Man hielt ihm eine Vogelfeder unter die Nase, so flaumig, dass sie auch im schwächsten Atem zitterte. Wenn der alte Heilmann noch lebte, musste sich der Härchenwald in seinen Nasenlöchern doch leicht im Atemwind bewegen. Ich beugte mich hinab, um ihm in die Nase zu schauen.

Aber war es denn überhaupt möglich, dass einer starb, wenn ein anderer dabeisaß und – fernsah? Der Tod kam doch auch anders, mit einem Schrei, mit hochgeworfenen Armen. Der Tod ließ keinen auf den Tisch plumpsen *und aus*! Bauer Brock hatte er als wütender Bulle zertrampelt. Die Selbstmörder, die mein Vater abzuknüpfen hatte, stürzte der Tod mit knackendem Genick in die Strickschlaufen. Und bei Noller dem Maurer hatte er mehrmals anklopfen müssen, bevor er ihn endlich mit sich fortnehmen konnte. Mein Vater wusste um all diese Tode und noch um etliche mehr. Bauer Brock, die Selbstmörder, Noller der Maurer: Er hatte sie alle mit einem Psalmspruch auf den Lippen in den Sarg gelegt, den Deckel über ihnen geschlossen und zugeschraubt. Ihm vertraute man im Dorf, ganz zum Schluss, wenn keiner mehr selbst etwas für sich tun konnte, sein Gesicht an. Er würde wahrscheinlich auch den alten Heilmann einsargen; ich hatte Leute schon zu meinem Vater sagen hören:

»Du darfst nicht sterben, bevor du uns eingesargt hast!«

In der Nase des alten Heilmann war es windstill, die Härchen bewegten sich nicht mehr. Auch von seinen Lippen hatte der Tod mittlerweile Besitz ergriffen, sie waren bläulich verfärbt, die Haut drumherum gelb geworden, und niemand, nicht einmal mein mit den Toten so vertrauter Vater, würde diesen Mund je zudrücken können – im Grab noch würde er offen stehen. Ich durfte jetzt nicht von der Seite des toten alten Heilmann weichen, der neben mir zu Grunde gegangen war. Vielleicht ging auch mein Vater bald zu Grunde, an all seinen Sorgen und Schindereien. In der Frühe, nach nur wenig Schlaf, schleppte er sich, unser Arbeitsengel, hinüber in seine Werkstatt; erst spät am Abend kehrte er in die Küche zurück, vom Holzmehl geisterweiß überpudert. Das tat er für mich, den Undankbaren, den Haus- und Heimflüchtigen, den vom Lügen schon ganz kurzbeinigen Sprössling. Es war nicht mehr zu übersehen: Ich konnte keine Treue halten. Von jeder meiner Fernsehgastereien kehrte ich aus größerer Ferne zurück und musste fürchten, irgendwann als vollkommener Fremdling auf der heimischen Schwelle zu stehen, wenn ich sie denn auf die Dauer überhaupt wiederfand. Längst bog und krümmte mich die Scham, wenn auch nicht deswegen. Ich schämte mich der schlichten Eltern, der schlichten Großeltern, der schlichten

Dörfler, ja überhaupt der Schlichtheit wegen, die in unserem Dorf ihre Heimstatt haben musste. Hatte ich im Fernsehen etwas Vornehmes gesehen – Juwelenfunkeln an Frauenhälsen, eine Kluft namens Smoking, festlich gesalbte Scheitel, Glaskelche voll Champagner –, peinigte mich danach auf dem Heimweg bis zur Weinerlichkeit der Gedanke an unsere schwarzen Fingernägel, unsere grob gewirkten Kopftücher und zerbeulten Hüte, unsere maulfaule Mundart, unsere verstümmelten Haarschnitte und unsere zur Feldarbeit im Rucksack mitgeschleppten Sprudelflaschen mit Most, des Weiteren an unsere noch immer miserablen Zähne, unseren Sonntagsaberglauben und unseren Werktagsgeruch. Wenn doch nur einmal das Fernsehen in diesen Weltwinkel käme! Mit seinem Blitzblau zu uns hereinleuchtete! Uns mit Kamera und Mikrofon festhielte! Wir wären gerechtfertigt – so wie unsere Kirchenglocken, die vor kurzem, mit Ausnahme des Totenglöckchens, im Radio hatten läuten dürfen. Kopfschüttelnd war das ganze Dorf davor gehockt: So schön hatte man das ureigene, Tag für Tag um unsere Ohren brausende Geglocke noch nie gehört.

Und plötzlich schüttelte mich, mitten in der Heimat, das Heimweh. In Übergröße, wie auf einer Kinoleinwand, erblickte ich zwischen dem toten Alten und seinem Fernsehgerät meine Eltern vor mir. Wie schön sie waren! Vaters Blondschopf und seine wasserblauen Augen, Mutters Sommersprossen und ihre kirschendunklen Augen.

»Woher *du* nur deine Katzenaugen hast?«, wurde ich daheim manchmal gefragt; mit Recht.

Jetzt wussten meine Eltern nicht einmal, wo ich war. Aber ich würde hier ausharren, bis der junge Heilmann wiederkehrte und uns fand. Hoffentlich war er nur zum Sportplatz gegangen. Die zweite Halbzeit musste bald zu Ende sein. Der Schiedsrichter würde hoffentlich pünktlich abpfeifen. Wie von ferne faselten Fernsehstimmen, die doch aus allernächster Nähe kamen, von denen aber kein Ohr mehr etwas wissen wollte.

Man konnte böse werden! Erstaunlich, wie das Bösewerden gegen die Furcht half. Denn an allem war nur der junge Heilmann schuld. Er hatte den alten Heilmann mit mir allein gelassen. Was würde er sagen, wenn er nach Hause käme? Würde er den Tod seines Vaters überhaupt gleich bemerken? Oder käme er ihm erst langsam zu Bewusstsein, wenn der alte Heilmann auch nach Programmschluss noch immer über dem Tisch liegen würde, ohne sich zu bewegen, vom Fernsehen leichenbläulich angeflimmert? Sicher würde der junge Heilmann mir Vorwürfe machen, weil ich dabeigesessen und nichts unternommen hatte. Doch du wirst dir seine Vorwürfe nicht anhören, sagte es in mir. Du wirst, wenn er eintritt, im Nu draußen sein, nicht nach links oder rechts schauen und nie wieder hierher zurückkommen, schon gar nicht zum Sonntagnachmittagsprogramm. Sollte der junge Heilmann allein bleiben mit seinem toten Vater, du würdest nicht an seiner Seite sein, wenn er entdeckte, dass der alte Heilmann schon kalt war. Du wolltest nicht Zeuge sein, wenn er ihn auf seinen Schoß bettete und weinend versuchte, ihn mit seinen weichen, toten Puppengliedern gerade zu setzen. Du wolltest nicht mit ansehen, wenn er ihn schüttelte und schlug, um ihn zum Leben zu erwecken, wenn er hinausrannte, wie er noch niemals hinausgerannt war, um Arzt oder Dorfschwester herbeizuschreien.

Es würde zu spät sein, und du wüsstest es, würdest aber schweigen.

So saß ich, wissend, was kommen würde, da zog der alte Heilmann seine Glieder an. Er hob den Kopf, öffnete die Augen zum schmalen Spalt und riss den Mund auf, grunzte und gähnte, streckte und bog seine Arme mit knackenden Knochen und tauchte ächzend aus seinem Totenschlaf auf. Er genoss das Prusten und Strecken und rieb sich die Augen. Mit dem Bauch drückte er den Tisch beiseite, so dass Glas und Krug beinahe kippten, und stieß im Aufrichten einen wohligen Seufzer aus. Im Stehen überfiel ihn ein wüster Husten, wankend nahm er die Schwelle und schwenkte gleich nach links, Richtung Abort. Er zog die am Boden schabende Tür in einem Schwung auf, und kurz darauf hörte ich seinen Urin durch das Rohr hinunterrauschen. Dazu sammelte er rasselnd und röchelnd Schleim im Mund, pumpte Luft in die Brust und spie den Schleim, seinem Urin hinterher, in die Grube. Dann gähnte er noch einmal, diesmal mit einem überraschend zart gesungenen Begleitton – eine kleine Tonleiter hinauf und eine andere wieder hinab. In die darauf entstehende Stille entließ er ein weiteres Körpergeräusch, ein beschämend trompetenstoßartiges, das er mit Gelächter quittierte. Als der alte Heilmann wieder aus dem Abort trat, sprang ich von meinem Stuhl hoch und versuchte, mit einem flüchtigen Gruß hinauszuwitschen. Wir betraten gleichzeitig die Schwelle, doch das Türloch war zu klein für uns beide, es gelang mir nicht, mich an ihm vorbeizuzwängen, und für einen Moment verharrten wir Leib an Leib, genauer: sein Bauch an meiner Brust. Der alte Heilmann blickte mich neugierig und, wie mir schien, auch fröhlich an, grad so, als hätten wir zwei den Nachmittag über gemeinsam und eines Sinnes vor der heißlaufenden Bilderkiste geschwelgt, unsere Helden angefeuert, mit ihnen Kämpfe durchlitten und sie mit starker Stimme vor Gefahren gewarnt, die sie selbst zu ihrem Schaden übersahen. So hing der Fernsehgast festgeklemmt Sekunde um Sekunde zwischen dem Türpfosten und dem alten Heilmann, bis dessen Bauch ihn mit einem winzigen Ruck freigab und er davonschnellen konnte; inwendig aber war ich schon längst in vollem Lauf.

Nach dem Fernsehen ließ ich mir auf dem Heimweg gewöhnlich Zeit. Ging ich überhastet nach Hause, war zu befürchten, dass meine Eltern mir mein frisch vollzogenes Laster noch ansahen, etwa an einem Körnchen Blaulicht in den Augenwinkeln oder an meiner veränderten Körpergröße. Denn sobald ich in die Nähe eines Fernsehgeräts geriet, wuchs ich, und zwar seitwärts wie auch in die Höhe. Erst wenn ich mich aus dem Bannkreis eines solchen Apparats wieder löste, schnurrte ich auf Normalmaß zusammen, und mir war auch, als kühle ich dabei allmählich wieder bis auf die Grundtemperatur ab, mit der ich mich daheim einfinden konnte, ohne für fiebrig gehalten zu werden. Allerhand Spiele und Übungen beschäftigten mich auf dem Heimweg, der jedes Mal ein Umweg war. Ich memorierte Fernsehdialoge und sprach sie in den verschiedenen Stimmlagen nach. Oder ich suchte, falls es bereits dunkel war, eine makellos weiße, von irgendeinem Licht erhellte Hauswand und ließ meinen Schatten darauf fallen, gespannt, um wie viel er mich, sein Original, an Größe und Schrecklichkeit überragte. Auch hätte ich nun endlich einmal die Wirkung jenes Schreis testen können, den ich aus einem schon älteren Fernsehfilm kannte, einen Wut-, Kriegs- und Durchhalteschrei aus unauslotbaren Körper- oder Seelentiefen, den ich in voller Länge und Lautstärke nachzuahmen mir streng aufgegeben, bis heute aber nicht aus mir herausgebracht hatte. Eines Tages würde dieser Schrei mir noch entfahren, vermutlich draußen im Wald, ohne Zeugen und weit genug vom Dorf entfernt, damit seine Folgen sich allein an meiner Person zeigten.

Meist führte mein Heimweg mich durchs Postgängele, mit Abstand die übelste Gasse im Ort. Kaum einen Meter breit, verlief sie zwischen zwei alle Köpfe überragenden Backsteinmauern hindurch, den Außenwänden des Postamts sowie eines Eisenwarenlagers – ein schlauchartig enger und, wenn man nur wollte, unentrinnbarer Einbahnweg, in dem es zu allen Jahreszeiten und besonders bei Regen belebend nach der Würze von Schrauben und Nägeln, Krampen und Drähten roch. Im Postgängele konnten allerhand Mutproben auf einen warten, und manchmal suchte ich den Durchgang gerade deswegen auf, weil ich erfahren wollte, wie viel Mut das Fernsehen mir dieses Mal eingeimpft hatte.

Leicht zu bestehen war die Probe, die der koboldquirlige Gumann mir auferlegte, ein zigarettenrauchender Junge, der einen nur passieren ließ, wenn man mit ihm rauchte oder ihn ein paar Schluck aus der Milchkanne trinken ließ. Er erwartete einen, hoch oben mit der freien Hand an der Dachrinne hängend, und schlenkerte mit den Füßen. Aller Mut, den ich angesammelt hatte, wurde mir von Brenderle abgeknöpft, der ebenfalls im Postgängele anzutreffen war und angeblich den ganzen Tag weinte, weil sein Vater von ihm, seiner Mutter und seinen Schwestern fortgelaufen war. Brenderles Tränen hatten auf seinen immer schmutzigen Wangen zwei weiße Dauerrinnsale ausgewaschen, die erst am Kinn endeten. Mit einem einzigen wortlosen Trauerblick in meine Augen stahl er mir den angesammelten Fernsehmut, und derart entmutigt musste ich weiter heimwärts trotten, mich einzig damit tröstend, dass mein Mut beim kleinen Brenderle auch nicht schlecht angelegt war.

Am wenigsten zu bestehen war die Prüfung, der die Brüder Stein mich aussetzten. Die beiden, kaum älter als ich, waren Bauernsöhne von den fernsehlosen Bergen rings um das Dorf und kamen vorwiegend zum Schulunterricht ins Tal. Die Steins bemühten sich auf ihre Art ums Mutig- und Schrecklichsein, wobei der Ältere dem Jüngeren Nachhilfe gab, indem er ihn darin unterwies, wie man einen anderen angemessen schlug. Für jede dieser Lehrstunden suchten die Steins sich im Dorf ein Opfer oder besser ein Werkstück aus, und sie sollten schon mehrmals im Postgängele fündig geworden sein; einmal bei mir. Ich kehrte soeben – nein, nicht von einer Fernsehfahrt, sondern aus der Turnhalle zurück, wo ein Wanderkino Halt gemacht und die Schattenerzählung von »Kalif Storch« gezeigt hatte. Ich war sogar mit der Erlaubnis meiner Eltern dort gewesen und vielleicht deshalb nicht so wach und misstrauisch, wie wenn ich ein Verbot übertreten hatte. Jedenfalls, mein Kopf war noch schwer von Bildern verhangen, als der junge Stein mich auf den Beton des Postgängeles schleuderte, sich auf meine Brust setzte und mit seinen Kniescheiben meine Oberarme massierte; »Muskelreiten« hieß das bei ihm.

Schnell wurde mir klar, was Steins Stundenplan heute

vorsah: Schlagen mit der flachen Hand. Der ältere Stein klatschte einmal die Hände zusammen, dann begann er zu zählen, mal langsamer, mal schneller, seinem Bruder so die Schlagzahl vorgebend, die jener, soweit ich folgen konnte, ziemlich genau einhielt. Wenn ein Hieb verrutschte oder danebenging, schalt der Große den Kleinen, indem er rief:

»Ins Gesicht, ins Gesicht!«

Nur die Ohren ließ er als Schlagziel ausnahmsweise gelten. Mein Kopf wurde zum Schädel und mein Schädel zum Hirnkasten, in dem es zischte und brummte. Die Scherenschnitte, die ich als bildhafte Gedanken aus dem Film weggetragen hatte und noch mit feinen, scharfen Rändern vor mir stehen sah, zerflossen unter Steins Schlägen zu wüsten Tintenklecksen. Kein Zweifel, es musste sich um seine Gesellenprüfung handeln.

Daheim vor dem Spiegel in der Küche hatte der Fernsehgast anschließend unter Aufstoßschluchzen und noch ganz und gar hirnschellig sein aufgeschwollenes, angstweiß und pflaumenblau gescheckte Gesicht betastet wie das Gesicht eines anderen; gut heimzukehren war eine Kunst, fortzugehen dagegen nur Kleinarbeit.

Der vorläufige Ausgang dieses Fernsehsonntags im Haus von Vater und Sohn Heilmann duldete keinen Umweg. Ich traf nicht auf ein einziges, vor allem kein menschliches Hindernis und fand auf so geradlinigem Weg nach Hause wie noch nie, fast wie auf einer Flugbahn. Mein Vater hätte mein Laufen »reifeln« genannt, das war ein Rennen wie vom Stock getrieben, aber die neue Zeit sagte »sprinten« dazu. Ich raste, als wäre es schon zu spät für eine geordnete Heimkehr und die Nacht wie eine der schnell fallenden

Winternächte bereits angebrochen. Aber seit meinem Aufbruch zum Fernsehgasthaus von Vater und Sohn Heilmann schien die glühende Sommersonne nicht einmal einen Meter weitergewandert zu sein, geschweige denn schwächer geworden. Durch mein Gehechel hindurch stachen vom Sportplatz Schlusspfiff und Schlussjubel in mein Ohr. Jetzt erst ging das Fußballspiel zu Ende! Wie konnte in so wenigen Stunden so viel Zeit verstrichen sein? Doch diesmal kam ich ohne das Endergebnis zurück, ohne einen im Kopf vorgefassten Kurzspielbericht und ohne die Namen wenigstens der einheimischen Torschützen; das alles hatte sich sonst unterwegs immer noch erfragen lassen. Doch vor allem brachte ich keine Platzrandgeschichten mit, selbst erlebte oder erfundene, die neugierige Frager ablenken konnten: wie etwa der Helmich ins laufende Spiel hineingebrüllt hatte, als Fremdenlegionär habe er schon mit Negerköpfen gekickt, zu seinen Füßen neun leere Bierflaschen, die zehnte halb voll in der Hand; oder wie Herr Holz im Schlamm des Strafraums unter einer Traube auswärtiger Schlachtenbummler verschwunden war, die alle darauf brannten, ihn wenigstens ein Mal zu schlagen; und wie Frau Holz ihre Handtasche über dem Männerhaufen geschwungen hatte, um damit die Rücken der Feinde ihres Gatten zu pritschen, aber immer nur die Obersten traf, die den weit unter ihnen liegenden Holz mit ihren schlagwilligen Händen gar nicht erreichen konnten.

Was mich im Lauf antrieb, war die jähe Furcht, die Meinen zu Hause nicht mehr vollzählig anzutreffen. Sie hatte sich bereits angekündigt in jenem Heimweh angesichts des toten alten Heilmann; denn da auch der Fernsehgast in seinem Leben noch nicht weit herumgekommen war, richtete sich sein Heimweh nie auf Orte, sondern immer auf Menschen. Ausgebrochen aber war die Furcht erst, als ich mich im Türrahmen vom Bauch des Wiedererwachten oder Wiedererweckten losgerissen hatte: die Furcht, dass mir, schuldhaft abwesend, daheim jemand *wegamputiert* worden war, mit einer großen, blindwütigen, nach meinen Familienmitgliedern schnappenden Schere. Wen hatte es getroffen? Wer war mein erster Trauerfall? Nie mehr, so viel stand fest, würde ich eins über drei hinaus zählen können, ohne aufzuschreien. Ich flitzte durch die Fritzenenge, wo ein nicht erkennbares Tier zu überspringen war, sauste durch das Kurvengeschlängel vor Frau Vögelis Haus, schwang mich an Bauer Brocks ächzender Dachrinne in vollem Tempo ums Eck, hastete den ungeteerten Wartburgweg hinan, dessen Geröll mir unter den Füßen wegglitt, und fiel genau vor unserer Haustür vom Himmel, lauschend nach einem Weinen von drinnen.

Einmal war der Fernsehgast mit seiner größten Verspätung hier angekommen. Die Straßenlampen im alten und hinteren Dorf hatten schon gebrannt. Doch in seinem Haus war kein Licht gewesen, es hatte im Finstern gelegen. Bei Nacht heimzukehren, könne kein Versehen sein, sagte die Großmutter oft, denn die Nacht sei riesig und unübersehbar. Er war hineingegangen in das unverschlossene Haus und hatte das Küchenlicht angeknipst. Eltern und Großeltern: unauffindbar. Um den Vermissten heimzuleuchten, hatte er auch im Hof Licht gemacht. Dann war er auf die Knie hinabgesunken und hatte, ohne sich etwas Besonderes dabei zu denken oder auch nur zu bemerken, mit dem Putzen begonnen: den Boden gescheuert, mit einem Lappen, doch ebenso mit seinen Hemdsärmeln und Hosenbeinen; abgespült und abgetrocknet, einen wahren Sisyphosberg von Geschirr; Staub gewischt und in Wolken davongeblasen; die Mief- und Stickluft zum Fenster hinausgetrieben; den Käfig mit dem eingenickten Wellensittich zugedeckt; die Uhren aufgezogen, bis die Federn geächzt hatten; den Sofakissen mit der Handkante einen Mittelknick geschlagen. Dazwischen aber hatte der Fernsehgast immer wieder den Kopf hochgestreckt und ihn wie eine kugelige Antenne in alle Richtungen gewendet, mit seinem verschärften Horchen aber lauter falsche Geräusche und in ihrem Gefolge vorschnelle Hoffnungen herbeigelockt. Nur einige Nachbarn waren in der Zwischenzeit zurückgekehrt. Er hatte sie grüßen und schließen hören. Doch er war allein geblieben, schließlich von der Putzmüdigkeit auf seinen Kinderschemel niedergezwungen worden und im Sitzen eingeschlummert.

Seine Eltern hatten im Garten die Johannisbeeren geerntet. Von der ersten Dämmerung bis in den späteren Abend. Als Vater und Mutter wiedergekommen waren, hatten sie den Sohn gemeinsam ins Bett geschafft und ihm unterwegs von ihrer Arbeit erzählt. Der Fernsehgast konnte sie dabei durch seine geschlossenen Augen zwischen den Sträuchern stehen sehen: aufrecht, in Finsternis getaucht, mit vier Händen blind nach den unsichtbaren Beeren greifend, aus dem Dunkel ins Dunkel hinein, als pflückten sie die Nacht selbst.

Dass er die Wohnung geputzt und aufgeräumt hatte, war ihm angerechnet worden, jedoch ohne sich bisher auszuzahlen.

Auf der Treppe vor der Tür meiner Eltern war nach meinem fluchtartigen Abgang aus dem Heilmannschen Wohnzimmer von drinnen nichts zu hören, kein Weinen und auch kein Lachen. Ich riss die Tür auf, sprang über die Schwelle wie über eine Erdspalte hinweg ins Haus und jagte durch die Küche. Sie saßen in unserer Wohnstube, Vater und Mutter, Großvater und Großmutter, vollzählig um den Tisch herum, jeder an einer Seite für sich allein und gut sichtbar: mein vierblättriges Kleeblatt, unzerteilt. Es war noch nicht zu spät gewesen. Auf dem Tisch brannte eine Kerze. Die Meinen hielten den Sonntag ein. Sie blickten heiter um sich und sagten kein Wort. Zitternd hob sich die von mir eingeschleppte Unruhe von der heimischen Ruhe ab. Doch niemand ließ sich von mir anstecken. Ja, keiner schien meinen Zustand überhaupt wahrzunehmen oder gar zu beachten: mein Schnaufen, mein Fußgescharre, die zuckenden Sorgenrillen auf meiner Stirn. Man hätte mir an diesem Tag so vieles ansehen können. Aber ich wurde nur als Heimkehrer angelächelt, freundlich und teilnahmslos. Ein gutes Auge hätte jedoch erkannt, dass ich vor wenigen Minuten dem Tod begegnet und von ihm durchgeschüttelt worden war.

Es roch nach Kaffee, Kuchen war aufgeschnitten. Doch ich wagte nicht näher zu treten, sondern wartete in schützendem Abstand auf die spitzen, kraftvollen Wörter, die in solchen Augenblicken üblicherweise auf mich abgeschossen wurden und die mein So-und-nicht-anders-Sein anklagten.

Mein Großvater würde noch am mildesten sagen:

Ahaa, der Wanderer von nicht weither …

Meine Mutter: Sieh da, ein Landstreicher.

Mein Vater: Quälgeist!

Und meine Großmutter: Unser verlorener Sohn!

Doch es fiel kein einziges Wort in meine Richtung. Vielmehr wurde ich mit sanften Gesten an den Tisch gebeten, wo die Mutter eben den Kaffee einschenkte, aus der Kanne mit dem Tropfschaumstöffchen am gewundenen Kannenhals. Erst jetzt sah ich, dass auch für mich, den Fünften, bereits mitgedeckt war, über Eck sozusagen, zwischen Großvater und Vater, an der Männerseite des Tischs, und ein Stuhl wurde mir auch gleich herangerückt. Kaffee bekam ich keinen – ich sollte nicht schon frühzeitig ein Nervöser werden –, und Kakao wollte ich keinen, dafür aber zwei breitkeilige Stücke Erdbeerkuchen, die mir umstandslos erlaubt und sogleich zugeteilt wurden, zwei Schaufeln Schlagrahm obendrauf. Aber noch hatte ich mein Stehen nicht aufgegeben, noch hielt es mich steif in der Senkrechten. Meine Mutter sagte:

»So setz dich doch hin. Oder musst du gleich wieder fort?«

Darauf lachten sie alle, ohne Ausnahme. Ihr Lachen lief ein-, zwei-, dreimal um den Tisch herum, nur mich übersprang es. Es war ein wissendes Lachen, eines, das hinter dem Vorhang auf sein Stichwort wartet und im richtigen Moment herauskommt, aber vor lauter Warten und Wissen kein wirkliches Lachen mehr sein kann, eines, das unwillkürlich zwischen den Zähnen hervorbricht, sondern eher eine gelachte Melodie. Ich dachte: Jetzt geht die Ausfragerei los, jetzt werden dir gleich deine Sonntagsvergehen abgeschnuppert, jetzt hagelt es Fußballfangfragen, die dich zu Fall bringen. Doch das Gelächter ging direkt in ein Geplauder über, das sich schnell von mir entfernte. Die Meinen waren samt und sonders beschäftigt, mit sich oder miteinander. Meine Großmutter wollte das Tischgebet sprechen, doch ihr wurde gesagt, dass schon gebetet sei; mein Großvater blies spitzmündig und mit rot anlaufendem Kopf in das verabscheute Heißgetränk hinein; meine Mutter zeigte meinem Vater kirschengroß und dunkel ihre Augen und trug den noch jungen Kennedy-Silbertaler um den Hals; mein Vater selbst hob seine Kaffeetasse zum Mund, den kleinen Finger abgespreizt, so wie er es einst bei der Luftwaffe gelernt hatte, und erwiderte den Blick der Mutter über den Tassenrand hinweg.

Ich hütete mich, allzu wild, allzu fahrig um den Tisch herum zu äugen und die Aufmerksamkeit auf mich zu lenken, und schob einen Löffel Kuchen in den Mund. Wirre Gefühle, die beim Essen entstanden, waren mir vertraut; auch die sehr verwirrten, zehrenden Gefühle im Anschluss an Fernsehausflüge: Erst essend, kehrte ich oft gänzlich heim; essend oder fressend, während meine Füße unter dem Tisch noch eine Weile weiterrannten. Doch diesmal war alles vollkommen und unerwartet anders. Der Geschmack von Erdbeeren mit Sahne blühte an meinem Gaumen derartig auf, dass die Tränen in mir hochstiegen. Es wurde nötig, mir unter dem Tisch mit einem schmerzhaften Kniff in den Schenkel das Weinen zu verkneifen. Dieser mächtig rührende Geschmack setzte sich aus mehrerlei Glück zusammen: dem Glück, schuldlos geblieben zu sein; dem Glück, heimgefunden und Verlorengeglaubtes wiedergefunden zu haben; dem Glück, nicht bestraft worden zu sein; und schließlich jenem vorläufig noch bescheiden aus dem Hintergrund winkenden Glück, doch auch stolz auf mich selbst sein zu können, weil ich draußen in der Welt etwas gewagt und bestanden hatte.

So viel kleeblättriges Glück-gehabt-Glück machte mich schwach, müde und einfältig. Durch die ersten mir bis in die Augen gestiegenen Tränen sah ich den Drahthaarschädel des alten Heilmann wie abgehackt auf dem Erdbeerkuchen liegen. Wäre es jetzt nicht an der Zeit gewesen, Schluss zu machen und gemeinsam mit meinen Eltern und Großeltern zu lachen? Ich hätte sie um Versöhnung bitten und diesmal endgültig und dauerhaft heimkehren können. Ich wäre vor lauter Beerenglück und Sahnewehmut fast so weit gewesen, ein Geständnis abzulegen *über alles,* ein Sammelgeständnis gewissermaßen, einschließlich der Preisgabe meiner Fernsehgastgeberrangliste in vollem Umfang. Es hätte nicht viel gefehlt – vielleicht noch eine einzige Beere, ein einziger Sahnetupfer –, und ich hätte mein Geheimnis hinter der Sperre im Hals hervorgewürgt. Denn gut und vor allem süß zu essen stimmt selig, weich und unvorsichtig.

Doch weil der Fernsehgast auch ein Geheimnis wahren konnte, stopfte er sich den Mund dickvoll mit Kuchen, um nichts Dummes sagen zu können. Die Früchte aber enthielten nicht nur Süßes, sondern auch Saures. Und das Trotzig-Saure betäubte das Reuig-Süße und stimmte ihn um. Sein Blick klärte sich, die Augen wurden schartenschmal. Das Beben im Rachen, grad zwischen den Mandeln, diesen oft entzündeten Streunerorganen, ebbte ab. Die Geständnisseligkeit wurde, von Kuchenbrocken begleitet, hinuntergeschluckt. Ja, jawohl: Derlei Künste waren den Seinen zuzutrauen! Sie wollten ihn verleiten! Sie spielten ihm etwas vor! Dass sie ihn hartnäckig nicht nach dem Sportplatz fragten, bewies nur, dass sie wussten, wie sinnlos es sei, ihn danach zu fragen, weil er gar nicht dort gewesen sein konnte. Sie wussten alles, sie durchschauten ihn. Und heute wollten sie ihn zum Reden bringen. Durch ihr gezieltes, zum Gestehen reizendes Schweigen, ihren Verzicht auf jegliches Nachfragen. Und aus lauter Empörung über solche Seelentricksereien hätte er sich fast dazu hinreißen lassen, ihnen eine Sportplatzgeschichte aufzutischen, so haarsträubend und ekelhaft wie noch niemals eine. Aus ihren Augenwinkeln, er sah es wohl, prüften die Seinen, ob er allmählich reif sei, um gepflückt zu werden. Auch sägten sie für ihre Verhältnisse mit den Händen viel zu langsam und gemütlich in der Sonntagsluft herum.

Der Fernsehgast traute diesen Händen, diesen Augen nicht. Denn seit er selber log, glaubte er auch den anderen nicht mehr alles.

Gesamtverzeichnis *Belletristik*

Weitere Informationen: www.berlinverlag.de

André Aciman
Damals in Alexandria

Katrin Askan
- *Aus dem Schneider*
- *Wiederholungstäter*

Margaret Atwood
- *Der blinde Mörder*
- *Der Salzgarten*
- *Tipps für die Wildnis*

Trezza Azzopardi
Das Versteck

Solvej Balle
Nach dem Gesetz

Lima Barreto
Das traurige Ende des Policarpo Quaresma

Eduardo Belgrano Rawson
Schiffbruch der Sterne

Tahar Ben Jelloun
Das Schweigen des Lichts

Marcus Braun
- *Delhi*
- *Nadiana*

Jan Peter Bremer
Feuersalamander

Adrienne Brodeur u.a. (Hg.)
Francis Ford Coppolas Zoetrope: All-Story

Bliss Broyard
Mein Vater, tanzend

Frederick Busch
Der Nachtinspektor

Raymond Carver
- *Kathedrale*
- *Wovon wir reden, wenn wir von Liebe reden*
- *Würdest du bitte endlich still sein, bitte*

Rosa Chacel
- *In der Oase*
- *Leticia Valle. Memoiren einer Elfjährigen*
- *Teresa*

Domenico Conoscenti
Das Zimmer der roten Lichter

Eva Corino
Das Taschenbuch

Patricia Duncker
James Miranda Barry

Jean Echenoz
Ich gehe jetzt

Péter Esterházy
- *Das Buch Hrabals*
- *Eine Frau*
- *Harmonia Cælestis*

Richard Ford
- *Eifersüchtig*
- *Rock Springs*

Paula Fox
Kalifornische Jahre

Roman Frister
Die gestohlene Identität

Luiz Alfredo Garcia-Roza
- *Die Tote von Ipanema*
- *Das Schweigen des Regens*

Camilla Gibb
- *Die Geschichte von Emma und Blue*
- *Worüber niemand spricht*

Dagoberto Gilb
- *Holzschnitte von Frauen*
- *Der letzte bekannte Wohnsitz des Mickey Acuña*

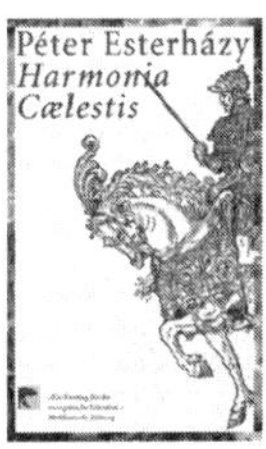

Mario González Suárez
Als Kind

Nadine Gordimer
Ein Mann von der Straße

David Grand
Louse

Kirsty Gunn
Regentage

David Guterson
Das Land vor uns, das Land hinter uns

Robert Haasnoot
Wahnsee

Uta-Maria Heim
• *Ruth sucht Ruth*
• *Schwesterkuss*

André Heller
Als ich ein Hund war

Sheila Heti
Die Frau, die in einem Schuh wohnte

Alan Isler
Klerikale Irrtümer

Elfriede Jelinek
Der Tod und das Mädchen I–V

Imre Kertész / Péter Esterházy
Eine Geschichte

Alona Kimhi
Die weinende Susannah

Marie-Sissi Labrèche
Borderline

Shaena Lambert
Die fallende Frau

Linda Lê
Die drei Parzen

Sibylle Lewitscharoff
Der höfliche Harald

Irina Liebmann
• *Berliner Mietshaus*
• *In Berlin*

Øystein Lønn
Maren Gripes notwendige Rituale

Ib Michael
Prinz

Juan Miñana
Nachrichten aus der wirklichen Welt

Perikles Monioudis
Palladium

Lorrie Moore
Was man von einigen Leuten nicht behaupten kann

Olaf Müller
Tintenpalast

Alice Munro
• *Das Bettlermädchen*
• *Der Mond über der Eisbahn*
• *Die Jupitermonde*

Péter Nádas
Schöne Geschichte der Fotografie

Natalja Nikolajewa
Grüß den Kanzler schön von mir

Boris Pahor
Nekropolis

Alexis Panselinos
Zaide oder das Kamel im Schnee

Ljudmila Petruschewskaja
Der schwarze Mantel

Jayne Anne Phillips
MutterKind

Yasmina Reza
Eine Verzweiflung

Jean Rhys
• *Guten Morgen, Mitternacht*
• *Irrfahrt im Dunkel*
• *Sargassomeer*

Susanne Riedel
Die Endlichkeit des Lichts

Michael Roes
- *David Kanchelli*
- *Haut des Südens*

George Saunders
Bounty-Land

Hans-Jürgen Schmitt (Hg.)
Sturz in den Himmel

Elke Schmitter
- *Leichte Verfehlungen*
- *Frau Sartoris*

Jean-Jaques Schuhl
Ingrid Caven

Alexander Schwarz
Tag der Frösche

Zeruya Shalev
- *Liebesleben*
- *Mann und Frau*

Gustaf Sobin
- *Das Taubenhaus*
- *Der Trüffelsucher*
- *Venusblau*

Tilman Spengler
- *Das Glück wartet draußen vor der Stadt*
- *Lenins Hirn*
- *Meine Gesellschaft*
- *Wenn Männer sich verheben*

Olga Tokarczuk
Ur und andere Zeiten

Tina Uebel
Ich bin Duke

Jane Urquhart
- *Fort*
- *Im Strudel*

Serena Vitale
Der Eispalast

Keto von Waberer
- *Blaue Wasser für eine Schlacht*
- *Fischwinter*
- *Der Schattenfreund*

Jeanette Winterson
- *Das Powerbook*
- *Orangen sind nicht die einzige Frucht*
- *Verlangen*

John Wray
Die rechte Hand des Schlafes

Berlins Beste

Arnulf Conradi (Hg.)
Best. Short. Stories.

Marion Gräfin Dönhoff
Kindheit in Ostpreußen

David Guterson
Schnee, der auf Zedern fällt

Haruki Murakami
Der Elefant verschwindet

Ingo Schulze
33 Augenblicke des Glücks

Zeruya Shalev
Liebesleben

Hermann Lübbe
›Ich entschuldige mich‹

Michael Maar
Warum Nabokov Harry Potter gemocht hätte

Ivan Nagel
Das Falschwörterbuch

Hans-Joachim Neubauer
Einschluss

Charles Officer / Jake Page
Die Entdeckung der Arktis

Neil Postman
Die zweite Aufklärung

David Remnick
King of the World

Edward W. Said
Am falschen Ort

Hartwig Schultz
Schwarzer Schmetterling

Konrad Seitz
China

Wolf Jobst Siedler
Ein Leben wird besichtigt

Dava Sobel
Längengrad

Tom Standage
Die Akte Neptun

Eberhard Straub
Albert Ballin

Michael Thumann (Hg.)
Der Islam und der Westen

Judith Thurman
Colette

Matthias Wegner
Hanseaten

Jonathan Weiner
Zeit, Liebe, Erinnerung

Richard von Weizsäcker
- *Drei Mal Stunde Null?*
- *Vier Zeiten*

Kleine Weltgeschichte

Karen Armstrong
Kleine Geschichte des Islam

Paul Johnson
Die Renaissance

Hans Küng
Kleine Geschichte der katholischen Kirche

Mark Mazower
Der Balkan

Richard Pipes
Kommunismus

Eberhard Straub
Eine kleine Geschichte Preußens

Michael Stürmer
Das Deutsche Reich 1870 – 1919

Rober S. Wistrich
Hitler und der Holocaust

Gebrauchsanweisung für das 21. Jahrhundert

Christian Ankowitsch
Generation Emotion

Michael Braungart / William McDonough
Einfach intelligent produzieren

Dietmar Dath
Schöner rechnen

Thomas Fischermann
Next Economy

Bas Kast
Revolution im Kopf